TAMIOU

民王

シベリアの陰謀

池井戸潤

角川書店

民王

――シベリアの陰謀

目次

装画——唐仁原教久
装丁——岩瀬 聡

プロローグ

夢の中で質問に立っているのは、憲民党の蔵本志郎《くらもとしろう》であった。党首自ら質問に立ち、泰山《たいざん》に真っ向勝負を挑むつもりらしい。

――総理にお伺いします。現在、我が国はかつてない地政学的リスクに直面しております。防衛戦略の抜本的見直しを迫られる状況をどう考えておられるのか。また、いまや全世界的に取り組みが本格化している脱炭素、温暖化対策の遅れによる国際社会からの批判をどう受け止めておられるのか、お尋ねいたします。我が国の地位向上に向けて、どのような政策を取るおつもりなのか、この場で明確な方向性を示していただきたいと思います。

そんなものがあるのなら答えてみろ、といわんばかりの態度である。

相変わらず憎たらしいヤツだ、と泰山は思った。

だが、負けるわけはない。この手の論戦は得意中の得意とするところで、国会の答弁と辻《つじ》説法で、泰山に並ぶ論客などいないのだ。

ところが――。

――内閣総理大臣、武《む》藤《とう》泰山くん。

立ち上がったのは泰山ではなく、どういうわけか翔《しょう》であった。京成《けいせい》大学付属小学校から大学までエスカレーター式に上がり、遊び呆《ほう》けて大学では二度留年。根性もなければ学力もない。情熱を燃やすのは、女の尻《しり》を追いかけ回すことぐらいのバカ息子だ。

指名された翔は答弁を渋り、ダダをこねているように見える。

「なにやってんだ、翔。早く答弁しないか」

泰山は焦りつつもそれを見守るしかない。

――武藤泰山くん。

発言を促されても、なかなか翔はこたえなかった。ついに官房長官の狩屋《かりや》に背中を押され、答弁用の原稿を手にしたままブリキのロボットよろしくマイクの前に歩いて行く。緊張でガチガチだ。

――た、た、ただいまの質問にその――おっ答えシマース。

「外国人か、お前は」

頭を抱えた泰山の耳に翔の答弁が聞こえてくる。

――ええっと、アジアにおけるわが国の、その――なんだこりゃ。チマサ学的なミチから――。

いつの間にか後ろに控えていた秘書の貝原《かいばら》を振り向いた。

「な、なんだ、あの原稿は」

「たぶん、〝地政学的な見地〟、じゃないですかね」涼しい顔で貝原がこたえる。

「も、もうダメだ」

――アジアにおける戦争のニョウイをミカするなど、私のコカンにかけてあってはならないと――。

よりによって、コカンのところを強調して翔は読んだ。

「か、貝原――」

「戦争の脅威を看過する、と言いたかったんでしょう」といった。「コカンはきっと沽券《こけん》ですね」

「アホか」

「アホですよ。翔ちゃんですから。あっ、すみません」いつもひと言多い貝原は押し黙る。

収拾のつかない騒ぎになった。閣僚たちは唖然呆然《あぜんぼうぜん》。野党議員のヤジが飛び、蔵本までもが腹を抱えて笑っている。

「オレはもう死にそうだ、貝原」

泰山は青息吐息で、呼吸困難に陥っていた。「ダメだ。もう息ができない。泰山死すとも、自由は死せず――うわっ」

と――そこで目が覚めた。

「夢、か」

全身にべっとりと冷や汗を掻《か》き、起き上がるとエアコンの吐き出す風が触れてひやりとした感触を運んでくる。胸の鼓動が速かった。きっと血圧も上がっているに違いない。ただでさえ血圧高めである。

「ひでえ夢だな」

次にまたこんな夢を見たら、脳の血管が切れるに違いない。

枕元の時計は午前三時を指していた。水差しからコップ一杯の水を喉《のど》に流し込み、気分が落ち着くまで静かに待つ。

「いや――夢で良かった」

そう泰山は思い直した。

夢は所詮《しょせん》、夢である。

そして、悪夢はもう醒《さ》めた――はずであった。

第一章　マドンナの乱心

1

パーティは佳境を迎えようとしていた。

有楽町《ゆうらくちょう》にあるホテルイースタン。日比谷《ひびや》公園にほど近いこのホテルで最大の宴会場、「鳳凰《ほうおう》の間」には新大臣を激励しようと千人近いパーティ客が駆けつけており、低めに設定された空調にもかかわらず汗が滲《にじ》むほどの熱気である。

人いきれのする会場の正面には、「高西麗子《こうさいれいこ》大臣を励ます会」の横断幕。ここにいるのは、高西の地元北海道から大勢駆けつけた支援者をはじめ、各企業の代表、民政党関連議員、そして多くのマスコミたちだ。

「それではここで、高西麗子大臣より、本日この会にいらしていただいた全ての皆様に、ひと言、ご挨拶《あいさつ》申し上げます」

司会進行役の案内に、拍手と歓声が会場に沸き起こった。

照明が暗転し、ちょうどパーティ会場の中央にいた高西にスポットライトが当たると、筋肉質の堂々たる体格がモーゼのごとく人垣を割って壇上へ近づいていく。

高西麗子は、北海道出身の四十五歳。元プロレスラーというユニークな経歴ながら、環境問題で頭角を現し、いまや並ぶ者のない論客として存在感を放っている。

その高西を環境大臣に起用したのは、昨年発足した第二次武藤泰山内閣の、いわばサプライズ人事というやつだ。

「よっ、マドンナ！」

威勢のいい掛け声があちこちから上がった。「マドンナ」は、高西のリングネームだ。いまでも親しい者たちは高西のことを「マドンナ」と呼ぶ。

〝泰山内閣のマドンナ〟となった高西には、新環境大臣として豪腕を期待され、ゆくゆくは初の女性内閣総理大臣になるやも、という気の早い衆望すらあるほどである。

さて——いまその高西は舞台中央に立ち、まぶしそうにスポットライトを見上げたところであった。

それも束の間、自分に注目するパーティ参加者に向かって、「皆様のマドンナ、高西麗子でございます」、という高らかな第一声を放つ。

「私はこれまで、この地球を巡る様々な環境問題にスポットライトを当ててきました。いま浴びているこのスポットライトより、まぶしく強い、正義のライトです」

とスポットライトへ手をかざし、「――ちょっと。これどうにかならないの。私をまたリングに上がらせるつもり？」。

笑いの中、舞台袖《そで》にいた秘書が駆けだしていったが、気の利かない照明係のせいで一向にスポットライトは弱まらなかった。

「我が国の環境問題、とくに脱炭素の取り組みは、欧米と比べて相当の遅れを取っています」

高西は続ける。「原子力発電への不信感。それを補う火力発電の――」

どよめきを誘う異変が起きた。

高西の巨体が見えない肘《ひじ》打ちでも食らったようにぐらりと揺れたのである。

「おい、大丈夫か。マドンナ」

舞台前にいる支援者たちが駆けよった。

「おい、早くスポットライト消せ！」

誰かが叫んだが、それを制するように高西は体勢を立て直す。だが、その表情は歪《ゆが》み、体調の異変ぶりは誰の目にも明らかだ。

「ああ、大丈夫です。ちょっとその――目眩《めまい》が、した、だけですから」

途切れ途切れにいった高西は、再びスピーチを続けようとした。一語一語を刻むように。

「――原発事故、以来、火力発電の、増加で、電力構成は、変動を、余儀なくされ、脱炭素の、構造は、むしろ――後退しています。じゃあ、どうすれば、どうすればいいでしょうか」

何が起きているのかはわからない。

突然の体調の変化にもかかわらず、スピーチを続ける高西の気魄《きはく》に会場が飲み込まれようとしている。だが――。

「いったい私たちはどうすれば――」

高西の膝《ひざ》ががくりと折れた。

それまで息を詰めて見守っていた秘書たちが壇上に駆けより、会場が騒然となった。もはや挨拶どころではない。舞台に両膝をついた高西を両側から抱え上げようとするが、なにしろ巨体である。

しかし、このとき信じられないことが起きた。

高西の太い腕が一閃《いっせん》したかと思うと、取り囲んでいた者どもが木《こ》っ端《ぱ》のごとく吹き飛ばされたのだ。

ゆっくりと立ち上がった高西の目に、何か得体の知れない光が宿っている。

前屈《まえかが》みになり、両手を突き出して立つ様は、タックルを狙うプロレスラーのようだ。

低く獰猛《どうもう》な声が漏れ始めた。

「落ち着いてください、大臣。うわっ」

再び高西に近寄った秘書が、強烈な一撃とともに吹き飛ばされた。さらに数人が、すさまじい膂力《りょりょく》の前になす術《すべ》もなく蹴散《けち》らされていく。

もはやプロレスの場外乱闘だ。

パーティ会場は混沌《こんとん》とし、蜂の巣をつついたような騒ぎになった。

順風満帆だったはずのマドンナの政治家生命は突如《とつじょ》、大海の荒波に放り込まれ、木っ端のように翻弄《ほんろう》されはじめた。


「泰《たい》さん、泰さん。えらいことですよ」

官房長官の狩屋孝司《こうじ》が、総理大臣執務室に飛び込んできたのは、高西が会場から運び出されて間もない頃であった。

「どうした、カリヤン。財布でも落としたか」

呑気《のんき》な声でいい、泰山は爪を切っている。

「冗談いってる場合ですか。いまね、マドンナの秘書から連絡があったんですが、パーティ中に体調を崩して病院に運び込まれたらしいんですよ」

「誰が」

「だから、マドンナですよ」

泰山はようやく顔を上げた。

「鬼の霍乱《かくらん》ってやつだな」

「そんな悠長な話じゃありませんって。パーティ会場で突然暴れ出したらしいんですよ。みんなで押さえつけてとりあえず救急車で病院に運んだそうです。そもそも微熱もあったそうで」

「いったいなにを食ったんだ、マドンナは」

「昼に鯛《たい》焼きを食べたそうです」

「どこのだ」

鯛焼きには目がない泰山はきいた。

「浅草《あさくさ》網元《あみもと》の鯛焼きです」

「あそこのなら大丈夫のはずだがな」

「三十個食ったそうです」

「なに、三十個……」

腕組みをして、泰山は胸に浮かんだ疑問を口にした。「マドンナにしては少なくねえか」

「言われてみれば。微熱のせいですかね」

「かも知れん。どうせマドンナのことだ。病院で『正露《せいろ》丸《がん》』でも処方してもらってすぐに出てくるだろうよ」

さして気にも留めなかった泰山であったが、それが楽観に過ぎたと知ったのは翌朝のことであった。

精密検査に回された高西が、謎のウイルスに感染していることが判明したからである。

2

「ウイルス？」

その一報を受けたとき、泰山は思わず聞き返していた。「いま六月だぞ、貝原。インフルにかかる季節にしてはおかしくねえか」

「新種のウイルスだそうです」

秘書の貝原茂平《もへい》のひと言に、むむ、と泰山は眉《まゆ》を動かした。貝原は続ける。「なんでも、いままで発見されたことのない未知のものだそうでして。東京感染研究所でも首を傾げているそうです」

東京感染研究所は、細菌やウイルス研究に関する国内最高機関である。

「未知のウイルス……。治るのか」

「わからないそうです。なにしろ——未知ですから」

じろりと泰山は貝原を睨《にら》んだ。

「いまどんな状況なんだ」

「集中治療室に隔離されているそうです」

貝原はメモを読んだ。「意識は朦朧《もうろう》。鎮静剤で入眠中。目覚めると暴れる可能性があるのでベッドに固定されている、と」

「話もできないのか」

貝原の口調が淡々としているだけに、かえって生々しく高西の容態が伝わってくる。

「発作が起きていないときには話はできなくもないそうですが、その——」

「その、なんだ」

回りくどい貝原の説明に、泰山は苛立《いらだ》った。

「この数週間の記憶がないそうです」

「記憶が——ない」

少なからず衝撃を受け、泰山は繰り返した。「担当のドクターはなんていってるんだ」

「脳神経に何らかの働きかけをするウイルスではないか、と。実際にそういうのが存在するそうですが、現段階では推測に過ぎません。東京感染研究所と連携して治療薬をどうするか検討しているそうです。もちろん、いつ快復するのか、そもそも快復するのかも——」

また泰山に睨まれ、その後の言葉を貝原は飲み込んだ。

「しかし、どこでそんなウイルス拾ってきたんだ、マドンナは……」

そうひとりごちる。容態も心配だが、問題は他にもあった。

高西麗子の環境大臣起用は、第二次内閣の目玉人事である。かねて環境問題の論客として鳴らしていたものの、議員歴の浅い高西の抜擢《ばってき》は与党・民政党内からも驚きをもって受け止められたはずだ。その高西に万が一のことがあれば、環境問題を重要政策課題のひとつとして掲げる泰山の政権運営に支障を来すことになる。野党からも様々な追及があるだろう。

「実は、そこが問題でして」

貝原がいい、泰山は秘書を見た。

「人事が、か」

「いえ。そうではなく、どこでウイルスを拾ってきたか、です」

「そっちか」

聞き流そうとした泰山に、「高西大臣と濃厚接触した方は全員、検査を受けてほしいと保健所から言われております。感染の疑いがあるとのことで」

　思いがけないことを告げる。

「オレもか？」

「三日前に環境省内で面談されています」

　その指摘に、そうだったな、と思い出した。「そのとき、すでに高西大臣は微熱があったとのことです。会議室で数メートル離れていましたから、大丈夫かとは思いますが」

「あのとき、お前もいたな。カリヤンもだ」

「はい。面談は十分程度で切り上げたはずですが、それでも感染の可能性はゼロではないと」

「もし感染してたら、ヤバいな。『感染内閣』だ」

　秘書の目に密《ひそ》かな侮蔑《ぶべつ》の色が浮かんだが、それは泰山が気づかないよう、「『感染解散』なんてのもあるかもしれません」、という言葉で誤魔化された。

「お前も城山《しろやま》のオヤジみたいになってきたな」

　まだ第二次武藤内閣ができて間がないというのに、派閥の領袖《りょうしゅう》である城山和彦《かずひこ》は、泰山の顔を見るたびに解散を迫る困った老人であった。国民にはまだバレていないが半分ボケて、冗談なのか本気なのかわからないのも始末に悪い。

「これ以上、閣僚に感染が広がっては一大事です、先生」

　貝原は周到に話を元に戻した。「まずは感染の有無を確認することが肝要かと存じます」

「どうもお前にいわれると、ひと言反論したくなるのはなんでかな、貝原」

意地悪くいった泰山に、

「もしやすでに感染しているかも知れません、先生」

貝原は真顔で返した。いつもながら冗談なのか、本気なのかわからない。現実をヤカンに入れて煮出したような男である。

「検査はいつだ」

「いますぐにお願いします」

手振りで泰山を促して、貝原はいった。「東京感染研究所で検査態勢を整え、先生の到着を待っております」

なにやらきな臭い雰囲気になってきたと思いつつも、泰山は悠然たる足取りで官邸執務室を後にした。

3

「あれっ。こんなとこでなにやってんだ」

待合用に確保された研究所の一室に行くと、驚いたことに綾《あや》がいた。

「なにやってんだはないでしょう、あなた」

泰山の妻はコーヒーカップをソーサーに戻し、「あなたがヘンなウイルスに感染したかも知れないから、念のため私も来てくれってさっき連絡があったのよ。私、お芝居見にいくつもりだったんですけど」

と不満の表情である。

「そりゃ悪かったな」

さして悪いと思っているふうもなく泰山はいうと、「ところでどんな検査だった」、ときいた。

「痛かったわよ。いままでこんな痛い検査は初めてね」

よくきいてくれたといわんばかりに、綾は大げさにいった。「太い注射針をお腹に刺されて、牛乳パック一個ぐらいの血を抜くのよ。なんでも未知のウイルスだからって。死んだ方がマシなくらいよ」

「ギエッ」

という雉子《きじ》が鳴くような声を上げたのは、狩屋孝司であった。ムンクの「叫び」を思わせる表情である。

「冗談に決まってます、官房長官」

貝原に小声で諭されても、狩屋は震えが止まらないようであった。大の医者嫌いなのである。

そんな官房長官に憐《あわ》れみの眼差《まなざ》しを向け、

「で、検査結果はどうだったんだ」

泰山がきくと、

「陰性よ」

当然のように綾はこたえた。

「やっぱり、神経が図太いやつは感染しないと見える」

「ならあなたも陰性だと思うわよ。カリヤンは知らないけどね」

綾は狩屋をからかった。

そのときノックの音とともに防疫服を着込んだ看護師が顔を出した。

「総理、お迎えに参りました」

「ぶっとい注射針だからね、あなた」

「黙れ」

そういいながら部屋を出た泰山だが、ものの五分もしないうちに検査を終えて戻ってきた。

ひどく深刻そうな表情に、

「た、泰さん、どんな検査でした」

すがるように狩屋がきいた。

「諦《あきら》めろ、カリヤン。太い注射器だ。イテテテッ」

腹のあたりを押さえて泰山が蹲《うずくま》ると、狩屋の顔面から音がするほどの勢いで血の気が引いていく。

ノックがあった。

「官房長官、お願いします」

「い、いやだ」

狩屋が取り乱して傍《かたわ》らの貝原にしがみつくと、やはり防疫服姿の屈強な男たちが三人で引き剝《は》がし、検査室へと連行していった。

「カリヤンって、おもしろい人よねえ」

狩屋の姿がドアの向こうに消えると、綾がカラカラと笑い声を上げた。

「オレの女房は、そんな底意地の悪い女だったかな」

「意地の悪さではあなたには負けますよ」

綾が言い返した。「行ってカリヤンの手でも握ってあげたら」

「たかが綿棒を鼻に突っ込むだけじゃねえか」

そのとき、

「鼻に――突っ込む？」

貝原の顔つきが変わった。「鼻に突っ込むんですか、先生」

「どうした、貝原」

「私、極度の鼻の穴恐怖症なんです。小学生の頃、授業中に居眠りしてエンピツが鼻に刺さりまして。考えただけでも心臓が止まりそうになるんです」

「そら気の毒だったな、貝原。今回は綿棒が刺さるだけだ。気にするな。心臓止まるかもしれんけどな」

貝原が愕然《がくぜん》と立ち尽くしたとき、ノックとともに憔悴《しょうすい》しきった様子の狩屋が戻ってきた。

「泰さん、ひどいじゃないですか。鼻の穴に綿棒ぶっ刺すだけでしたよ」

「次、貝原さん、どうぞ」

もはや貝原は硬直し、歩きだそうとしているらしいが脚が上がらず、錆《さ》び付いたブリキ人間になってしまったかのようだった。

「どうしたの、貝原くん」

事情を知らない狩屋はポカンとしている。「心配しなくても大丈夫だって、綿棒がこう、ぐぐっと鼻に入るだけだから——」

短い奇声が放たれたかと思うと、突如、貝原の体がぐらりと揺れた。気絶したらしい。倒れる前に手際よくその体を受け止めた看護師たちが、丸めた絨毯《じゅうたん》でも担ぐ要領でさっさと貝原を連れ去っていく。それを見て、

「貝原くんも意外に臆病《おくびょう》なんだから、ねえ、泰さん」

自分のことは棚にあげ、狩屋は余裕の表情を浮かべるのであった。

4

閣僚全員の「陰性」——感染なしが確認されたのは、その日夕方のことである。

「足下は固まったな。問題はこれからだ」

官邸にある執務室で、泰山が報告にきたカリヤンにつぶやいたとき、ノックとともにくたびれたスーツ姿の男が現れた。

「先生、東京感染研究所長の根《ね》尻賢太《じりけんた》先生です」

事前に貝原から知らされたプロフィールによると、知る人ぞ知る感染業界の——そんな業界があるかは不明だが——泰斗《たいと》らしい。

テーブルの向こう側にかけた根尻は銀髪に黒縁メガネ。鋭い眼光を放つ初老の研究者であった。

「手短に要点のみお話しします」

着席すると同時に、根尻は語り出した。「高西大臣の事務所の皆さんを検査したところ、残念ながら二名の感染が確認されました」

はっと泰山は顔を上げた。

「市中に感染が広がっていく可能性があります」

「いま政府がすべきことは何ですか、先生」

泰山は、眉間《みけん》の皺《しわ》を深くした。

「火事とウイルスは最初の消火活動が肝心です、総理。まず、高西大臣の接触者全員を突き止める必要がある。確認された感染者以外にも、感染している人がいる可能性があります。たとえば、高西大臣のパーティ参加者などは要注意です。握手などをされた方も多いはずですし、飛沫《ひまつ》感染の疑いもある」

「すぐに確認させます。他には」

「感染源の特定が重要です」

根尻は鋭い眼光を放った。「ウイルスの宿主《やどぬし》が何で、どういう経路で感染したのか。そのために高西大臣の行動を探れるだけ探っていただきたい」

「手配します」泰山が目配せすると、すぐに貝原がどこかに電話をかけ始めた。

「その際にひとつ留意したいのは、このウイルスの潜伏期間です」

根尻は加えた。「世界の人口の十分の一が亡くなったといわれる天然痘の潜伏期間は七日から十六日、二〇〇二年ごろ流行した重症急性呼吸器症候群（ＳＡＲＳ《サーズ》）の潜伏期間は二日から十日、中東呼吸器症候群（ＭＥＲＳ《マーズ》）の潜伏期間は、二日から十四日。エボラ出血熱の潜伏期間は二日から二十一日です。インフルエンザの潜伏期間は、一日から三日と短いのが特徴です。潜伏期間の長いものになると、エイズなどは半年から十五年以上といわれていますが、今回の場合は除外していいでしょう。仮に三週間の潜伏期間があったとして、この間の高西大臣の行動ルートを確認してください。どこかで感染したはずです。感染源の特定は、対策を講ずる上で非常に重要な要素になります」

「なるほど」泰山は頷《うなず》いた。

「国民に注意を呼びかけてください、総理」

根尻は、ぐいと体を乗り出した。「微熱が出たり、突如《とつじょ》錯乱したりした人がいたらすぐさま保健所に連絡し、人と接触させないこと」

「心得ました」

泰山はいい、気になっていたことをきいた。「ワクチンについてはどうですか」

「ワクチンが出来るかどうかは現段階ではわかりません。出来ないこともあります。出来たとしても、完成まで五年や十年ぐらいの時間はかかると考えた方がいいでしょう」

「そんなにかかるんですか」

思わず、泰山はきいた。「その間に、感染が広がってしまったら――」

「ウイルスとの戦いは戦争です」

根尻は、眦《まなじり》を決して訴えた。「この水際で敵の上陸を防がねばなりません。それに失敗すれば、我が国は未曾有《みぞう》の大混乱に見舞われることになりかねません」

「た、泰さん――」

狩屋が頬《ほお》を震わせている。

「カリヤン、すぐに会見の準備をしてくれ」

決意の表情を浮かべて、泰山はいった。「オレから直接、国民に話そう――先生、ありがとうございました」

根尻に礼をいうと、泰山はすぐさま行動を起こした。

5

「国民の皆さんに報告とお願いがございます。昨日、都内ホテルで高西麗子環境大臣が体調を崩して入院、その後の検査により、未知のウイルスに感染していることが判明いたしました。担当医の説明によりますと、いまだ意識の混濁が見られ集中治療室での観察下にあるとのことです。当面の間、環境副大臣が、環境大臣の代理として職務にあたるよう、先ほど指示をいたしました。

いまだ発見されたことのない、潜伏期間も症状も、治るかどうかもわからない未知のウイルスの感染者が見つかったことに驚愕するとともに、大変な危機感をもって対応に当たる覚悟をいたした次第であります。

まずは先ほど、東京感染研究所の根尻賢太教授をリーダーとする感染対策チームの設置を指示いたしました。

また、私も含めまして、官邸、各省関係者、議員など、高西大臣と濃厚接触した者が全員、速やかに感染の有無を検査したところ、高西大臣の事務所関係者二名の感染が新たに確認され、急《きゅう》遽《きょ》準備した感染者用の施設に緊急入院し、経過を観察しております。

現在、高西大臣のパーティ参加者、事務所関係者の家族、接触のあった近隣住人にまで検査を拡大し、水際での対策を進めておりますが、ウイルスの感染源など不明な点も多く、現時点でワクチンも治療薬も存在しないという極めて困難な状況に直面しております。

現在得ている情報によると、新たな感染者二名は電車で通勤していたことがわかっており、この後、路線と時間帯などの情報を公開いたします。当該路線、地域にお住まいの方で、微熱などの疑わしい症状のある方は、速やかに保健所へご連絡いただきますようお願いします。

ウイルスの感染が拡大してしまえば、ワクチンや治療薬が開発されるまでの間、国民の皆さんの生活、経済活動に未曾有の混乱が生じる可能性があります。

事態を早期に収拾できるかどうかは、皆さんの意識と行動にかかっています。

皆さんにはマスクを着用していただき、手洗いや消毒の徹底、人が密集した場所を避けるといった行動を取っていただきますようお願い申し上げます。

私たちの力で、この社会をウイルスの脅威から救いましょう。いまこそ、国民がひとつになるときです」

6

「どうもムノー内閣。あ、失礼。武藤内閣のいってることは納得できんね」

泰山が国民に感染対策のお願いを訴えた会見から数時間して、テレビでは新たな記者会見が始まっていた。

小《こ》中《なか》寿《じゅ》太《た》郎《ろう》東京都知事による、緊急会見である。泰山は執務室にいて、狩屋とともにその中継を見ていた。

「だいたいやねえ、国民の生活を守るべき大臣が真っ先にウイルスに感染した挙げ句、国民の皆さんに感染させるっちゅうのは、どうなの？　責任問題はどうなっとるのかね。まずは国民に謝罪するのがスジやで。頭の中を見てみたいわ、ムノー総理の。あ、失敬、武藤総理や」

都庁で会見している小中は、いつものようにパイプ片手に、ふんぞりかえって会見場のテーブルに両足を載せていた。

「一国の大臣が見たこともないウイルスを複数の国民に感染させたんや。前代未聞の大失態ですわ。それだけでも大臣失格やね。その程度の内閣っちゅうことやな」

小中の前職は、歯に衣《きぬ》着せぬ政治評論家であった。都知事になったいまも、舌鋒《ぜっぽう》の鋭さは評論家時代と変わらない。

小中は、テレビ画面の向こうから挑むような眼差しを泰山に向けてきた。「高西麗子を大臣に任命したんは、武藤総理でっせ。つまりこれは総理の責任や。そのことをまずはっきり言わせてもらうわ」

「小中の野郎……」

執務室で一緒に見ていた狩屋は、ぎしぎしと床のきしむような音にあたりを見回した。旧公邸に出るといわれた軍人の幽霊でも出たのかと思いきや、それは隣にいる泰山の歯ぎしりの音なのであった。「こんなのが東京都知事とは、世も末だな、カリヤン」

この一月、政治評論家の小中寿太郎が突如、都知事選への立候補を表明したときは、取るに足らない泡沫《ほうまつ》候補と目されていた。

ところが――である。

まず、本命と目されていた元タレントの難波《なんば》三郎《さぶろう》が不倫の発覚で脱落。次に、世論調査で二番手だった元衆議院議員の火野《ひの》憲太郎《けんたろう》が女性蔑視の失言で人気急落。「二度あることは三度ある」で、三番手につけていたお笑いタレント肥田《ひだ》素子《もとこ》は「週刊潮流」に新興宗教教祖との深い関わりが暴露されて自ら立候補を取り下げた。

かくして、四番手に控えていた小中寿太郎が俄《にわか》に脚光を浴び、あれよあれよという間に当選してしまったのである。

「東京都民は、ウイルス拡散の被害者や。我々は我々の手で身を守りまっせ。そのために、東京都オリジナルのウイルス対策を講じることにしました。ひとーつ」

小中は時代劇の主人公のように、なまっちろい指をひとつ立てた。「本日からレインボーブリツジを青色にライトアップします。綺麗《きれい》でっせえ」

「そんなもんが対策か」

泰山は唖然《あぜん》とした。「ただのパフォーマンスじゃねえか」

「ふたーつ」

小中は続ける。「都民の皆さん全員にマスクを配布します。ただのマスクやないですよ。この私、小中寿太郎似顔絵付きのマスクです。プレミアつきまっせ」

「つくか、バカ」

泰山は呆《あき》れた。さらに小中は続ける。

「ウイルスにかかった方にはお見舞いとして、宝くじ三万円分を差し上げます。禍《わざわい》転じて福となす。三億、当籤《とうせん》するかもしれへんで」

「小中の奴、ウイルスを利用して売名してるだけですよ、泰さん」

さすがの狩屋も憤然としている。

「でも、ネットの評判はいいみたいですね」

冷や水を浴びせかけるように貝原がいった。

「マジか」悔しそうに、泰山が顔をゆがめた。

「残念ながら先生の演説よりウケてます。あれはカタすぎるって不評でしたから」

「こいつのは、やわらか過ぎだろ」

泰山が反論する。

「やっぱり国民はモノやカネをもらわないと納得しないんです、先生」

「くそったれが」

泰山が毒づいたとき、ノックとともに新たな客がふたり入室してきた。ひとりは黒ずくめの上下のスーツに派手な赤いネクタイ、エナメル靴を履《は》いた痩《や》せた男である。かつて泰山が見舞われたテロ事件での活躍が認められ、フリーパスで泰山と接見できる唯一の公安刑事、新田理《にったさとる》だ。階級は警視。趣味はチェロという、よくわからない男である。その新田は、感染対策チームの根尻教授と連れ立っていた。

「公安新田。ただいま参上いたしました」

直立不動で敬礼した新田に、「おお、来たか新田君。まあ座れ。先生もどうぞ」、と泰山はふたりに椅子を勧める。

「これをご覧ください」

挨拶もそこそこ、新田が広げた分厚い資料は、この三週間に高西が面談した相手と場所、移動ルートに関する詳細なレポートであった。ウイルスの感染源を突き止めるため、密かに泰山が放ったのがこの新田だったのである。

「感染源とおぼしきものはあったか」

「高西大臣は、二週間前ロシアで開かれた国際会議に出席されています。その行程のどこかで感染した可能性が高いかと」

「ロシア？」

そのひと言に、泰山はふと目を細くして新田を見た。「――根拠はあるのか」

「大臣の行動範囲を勘案するに、このウイルスに国内で感染したとは考えにくいのです」

話を継いだのは根尻教授である。「実は新田刑事の報告を聞いて、以前シベリアのどこかで似たような症状のウイルスが出たという話を思い出したんですが――」

泰山は思わず、体を乗り出した。

「いったいそれはどこで？」

「それがいまひとつ記憶が判然としませんで。論文であれば記録が残っているはずですがデータベースにはありませんでした。私もこの道は長いので、研究者同士の噂話程度のものだった気がします」

苦悩を滲ませた根尻は本題に戻り、「そんなわけでロシア由来のものであれば納得できる。会議から発症までの期間からして、潜伏期間は二週間程度である可能性が高いでしょう。ただ、ひとつ疑問もある」

自分を見つめている泰山らに視線を滑らせた。「ＷＨＯにも確認しましたが、国際会議に出席した各国参加者の中に、同様のウイルスに感染したとの報告はありません。実際、高西大臣に随行した環境省職員五人の体調も良好で、検査でも陰性との結果が出ています」

「それはつまり、マドンナだけがウイルスに感染したってことですか」

狩屋の質問に、「どうやら、そのようです」、と自身、不可解そうに根尻は首を傾げた。

ぽんと放り出されたような疑問が、官邸の総理大臣執務室に満たされていく。

「高西大臣だけが感染するなんてことが、あるのかな」

貝原の疑問は、誰にいうでもない独り言のようであったが、

「いや考えられるよ、貝原くん」

狩屋がいった。「マドンナの食欲は底なしだよ。普通の人なら食わないものまでがんがん食うんだから。ヘビにクモにサソリ、蚊の目ん玉とかさ」

うえっ、と貝原が顔をしかめる。

「何を食ったか、調べはついてるのか」

泰山がいうと、新田が長いリストを出した。「環境省の職員にヒアリングしてまとめた国際会議中の高西大臣の会食場所とメニューです」

「どれどれ」

覗《のぞ》き込んだ泰山は、あまりの量に思わず黙り込んだ。

「むちゃくちゃ食ってますね、泰さん。人間でしょうか」と狩屋。

「たぶん違うだろうな」

「ほかに、似たようなウイルス感染例は報告されていないんですか、先生」

泰山がきいた。

「いまのところは」

根尻は首を横に振った。「ただ、発表されていないだけかも知れません。ロシアに限らず、国によっては戦略上、感染を秘密にしていることだってあるでしょうから」

「だが、マドンナはどこかで感染した……。どこだ？」

つぶやくように問うた泰山に、答えられるものは誰ひとりいなかった。

第二章　大学教授と狼男

1

その日、泰山のひとり息子、武藤翔は、川崎《かわさき》にある工場で時間を持て余していた。マドンナこと、高西大臣のウイルス発症の翌日である。

翔が、かねて志望していた食品メーカー、アグリシステムに新卒として入社したのはこの四月のことだ。

配属されたのは川崎工場の総務部。いわば何でも屋みたいなセクションで、ネジの取り付け、欠品しているエンピツの手配から、工場長の弁当の買い出しまで全てやるのが翔の仕事なのであった。

大学では散々遊び呆《ほう》けてきた翔だが、一応は大志を抱いて入った会社である。

なのに、

──つまらない仕事ばかり押しつけやがって。

些《いささ》か翔は、不貞《ふ て》ていた。そしていままた、

「おい、武藤くん。ちょっと」

呼ばれて上司のカバ山の席にいくと、「君さあ、京成大学だったよね」、と気取った口調でそうきかれた。

カバ山は、本当の苗字《みょうじ》を「櫨山」という。これは「ハゼ山」と読むのが正しいのだが、翔はいまだに「カバ山」と勘違いしたまま憶《おぼ》えていた。入社してふた月あまり。上司の名前を間違えつづける新入社員もまた珍しいが、翔にしてみれば、カバ山だろうとハゼ山だろうと、「知ったことか」、なのである。

部下からその程度に思われていることはカバ山にもわかるので、カバ山はいつも翔に仕事を命ずるときイヤミであった。大して出世もしていないのにプライドだけは高い、絵に描いたような高学歴中間管理職だ。大企業に有りがちなタイプである。

「研究所から、大至急、京成大学の並木《なみき》教授に食品サンプルを届けてくれっていわれたんだけどさ。君、行ってくれるかな」

すでに午後四時半だったので、ちらりと時計を見た翔はイヤな顔をした。

川崎工場から、渋谷《しぶや》区にある京成大学まで大方四十分はかかる。用事を済ませて戻ると定時を過ぎてしまうからだ。

「で、これがそのブツね」

返事を待たず、小型のクーラーボックスを翔に手渡したカバ山は、「届ける先はここに書いてあるから」、とメモを一枚、放り投げて寄越《よこ》した。

「あの——いったいこれの中身、なんなんすか」

翔がきくとカバ山はデスクから身を乗り出して声を潜めた。

「これは、ウチの次期戦略商品のための試料だ。いま開発の最終段階で、いろいろと味付けをテストしているところらしい。『マンモスくん』っていう名前の人工肉なんだが——」

「マンモス？　人工肉……？」

翔は首を傾げた。「わけわかんないすけど」

「君の頭では理解できないかも知れないが、とにかくこれを並木教授に届けてくれるか。生ものだから、道草食わずに届けてくれ。あ、それと——」

ここが肝心とばかり、カバ山は指を一本立てた。「クーラーの蓋《ふた》、絶対に開けないでね。絶対だよ。死ぬからね」

物騒なことまでいう。

この野郎、オレをバイク便か何かと勘違いしてやがるな、と思ったが黙っていた。

どうせ工場内にいたところでロクな仕事があるわけじゃない。出かければ気晴らしにもなるだろうと思い直して、工場から最寄り駅までをピストン輸送している巡回バスに乗り込んだ。

私鉄で品川《しながわ》まで行き、山手《やまのて》線に乗り換えて渋谷まで出る。そこから京成大学までは徒歩だ。宮益坂《みやますざか》を上っていくと、まだ梅雨の明けきらぬ鈍《にび》色の雲がビルの上空を埋めていた。翔にとって付属小時代から通い慣れた道だが、社会人になってきてみると新鮮に思えるのは不思議なものである。

やがて青山《あおやま》通りに出ると、遠くに京成大学の建物が見えてきた。授業が終わった後らしい学生たちの集団とすれ違い、キャンパスに入った翔は、真っ直ぐに理学部の建物に向かって歩いて行く。

学生時代、一度も足を運んだことのない校舎だ。

エントランスの案内板でメモに書かれた教授の研究室を探した。三階だ。エレベーターを使うのももどかしく、階段を一気に駆け上がった。

2

部屋番号の脇には、「並木又次郎《またじろう》教授」、というネームプレートがかかっていた。三〇七号室だ。

アグリシステムが商品開発のアドバイザリー契約を結んでいる相手である。いわゆる、産学連携という奴だが、その手の事情は翔の知るところではない。

「失礼します。アグリシステムから参りました」

ノックと同時に、勢いよく入室した翔であったが、研究室は予想外に薄暗く、入り口のあたりに立ち止まって目を凝らした。

ウナギの寝床のように、思ったよりも奥行きのある部屋であった。

足を踏み入れると、気味の悪い標本を収納した棚が並び、正面の窓から斜めに差し込んでくる西陽《にしび》の中を、細かな埃《ほこり》が舞っているのが見える。

研究室内は静まりかえっていた。

誰もいないのか。

「失礼します。ごめんください。並木先生――？」

返事はない。

しかし、さっき見たエントランスの案内板には「在室」となっていたから、留守のはずはなかった。

手洗いにでも立っているのか。

そう思ったときである。

カタッ、というかすかな物音がした。標本のガラス瓶《びん》が並ぶ棚の向こう側だ。

目の前の瓶に、アンコウのような形をした小さな魚が入っていた。その隣はタツノオトシゴだろうか。そのまた隣には、コバンザメのような形をした魚が白く濁った目を虚空に向けて体をよじっている。

黄色じみた保存液の底に沈む奇っ怪な魚の姿に焦点を結んでいた翔が、ふいにそのガラス瓶越しに自分を見つめるふたつの目に気づいたのは、そのときであった。

獣のように爛々《らんらん》とした目は、血に飢えたように赤く濡《ぬ》れ光っている。

理科室で幽霊にでも出くわすとこんな感じかと普段の翔なら思っただろうが、その余裕は無かった。

棚の向こうから、翔の喉《のど》をめがけて真っ直ぐに腕が突き出されたからである。

ガラス瓶が割れ、足下の床に標本が転がって翔は思わず飛びのいた。唸《うな》り声が上がり、血走った眼差《まなざ》しが翔を狙いながら、おもむろに棚を回り込んでくる。

いったい何者だ、こいつ。

青ざめた顔に真っ赤に充血した目、口から涎《よだれ》を垂らし、前屈《まえかが》みになって両手を前に伸ばしていた。

「お、狼男か！」

手に触れた標本用の瓶をひとつ摑《つか》み、男に投げつけた。肩に命中し、床に落ちた瓶が粉々に砕け散ったが、狼男は、ものともしない。

低い獣の唸り声を上げて迫ってくる様は、もはや魔界のものに相違なかった。

おいおい、カンベンしてくれや。

さすがの翔も臆《おく》したそのとき――。

「――先生！」

入り口の方から鋭い声が上がって、狼男を振り向かせた。翔のところから、ひとりの女性が驚《きょう》愕《がく》の表情でドアを背にしているのが見える。

ふいに体を反転させた狼男が女性に突進した。かと思うと二の腕を摑んで壁の書棚にたたきつけたのは、一瞬の出来事であった。

悲鳴とともに床に倒れた女性が、痛みに呻《うめ》いている。

それを見たとたん、翔の中で何かがはじけ飛び、怯《ひる》みかけた気持ちが撥《は》ねのけられた。そして、気づいたときには狼男に突進していた。

「この野郎！」

ケンカなら、そこそこの自信はある。学生時代、よからぬ連中と連《つる》んでいて、深夜の繁華街で殴り合いのケンカになったことは一度や二度ではない。

猛然と体当たりを食らわせると、ぐえっ、という声とともに狼男が派手にひっくり返った。

「大丈夫ですか？」

倒れている女性に声をかける。左の足首あたりを押さえ、顔をしかめていた。

すぐにまた、低い唸り声がした。地獄の底から吹いてくる生々しい気配を孕《はら》んだ声だ。手に取れるような殺気をまとい、ふたたび起き上がってきた狼男の目が、真っ直ぐに翔を見据えている。

素早く視線を左右に振り、武器になるようなものを探したが、見当たらなかった。

「これでも食らえ！」

最後に翔が投げつけたのは、カバ山から預かってきたクーラーボックスである。

これが見事に狼男の額に命中したかと思うと、その拍子に「絶対に開けるな」と念を押されていた蓋が開いた。中身が空を舞い、仰向《あおむ》けに倒れ込んだ狼男の顔のあたりに狙い澄ましたように落ちたのは次の刹那《せつな》である。

十字架を押しつけられた吸血鬼のような、断末魔の絶叫が上がった。

狂ったように顔に落ちたものを払いのけ、部屋を飛び出していく。

たちまち廊下で悲鳴が上がり、閑静な夕暮れ時のキャンパスに騒ぎが起きようとしていた。

ドアの内側から鍵《かぎ》を締めた翔は、

「痛みますか」

足首を押さえながら立ち上がろうとしていた女性に声をかける。

「ちょっと、捻《ひね》っちゃったみたい」

そういいながらも棚に手を掛けて立ち上がった女性は、悲鳴の上がるキャンパスを窓から見下ろした。

いましも、建物から駆けだした狼男と、警備員たちとの格闘が始まったところである。

「痛たた」

そういいながら近くの椅子にすとんと座った女性に、

「救急車、呼びましょう」

翔はいって一一九番にかけた。

「ねえ、あれってなんなの」

緊急連絡を終えた翔に、女性が鼻をつまみながら指したのは、床に散らばったクーラーボックスの中身である。

いわれて初めて、それが強烈な臭いを発していることに翔も気づいた。

「すみません。オレにもよくわからないんです」

近寄ってサンプルをつまみ上げた翔は、思わず声を上げた。

「なんじゃこりゃ。クサヤじゃねえか」

伊豆《いず》大島あたりの魚の干物である。人工肉の味付けをしているとカバ山がいっていたから、そのための「隠し味」なのかも知れない。

鼻をつまんでクーラーボックスに戻し、換気のために急いで窓を開け放つ。狼男と警備員の戦いは場所を移したのか、怒号や悲鳴だけが遠くから聞こえていた。

救急車のサイレンが近づいてきたのは、それから間もなくのことである。

3

「ええと――」

担架《たんか》に乗せられた女性に付き添って救急車のハッチまで行くと、隊員のひとりが翔を振り向いた。「付き添いで乗っていただきたいんですが、お願いできますか」

「えっ、オレ？」

「カレシだよね？」

担架の女性と翔を交互に見た隊員は勝手に決めつけ、「一緒に来てね」、と翔の背を押す。

「ちょっとちょっと。オレ、違うんだけどなあ」

翔の言い分など無視して隊員は強引に救急車に押し込むと、ハッチを閉めてしまった。

「新宿《しんじゅく》総合病院へ向かいまーす」

運転手のひと言で、サイレンが鳴り出した。

「なんだよ、違うっつってんのに」

ぼやいた翔に、

「ごめんね。迷惑かけて」

横になったままの彼女の小声が聞こえた。

そのとき、翔は初めて彼女の表情をまともに見た気がした。青ざめ、髪が乱れてはいるが、整った顔立ちの女性である。年齢は三十歳ぐらいだろうか。翔にしてみれば、かなりの年上だ。

なんでオレがカレシなんだよ……。

そう思ったが、口には出さなかった。そしてもうひとつ、改めて気づいたことがある。女性が白衣を着ていたことだ。

「いえ別に」

短く答えた翔は、「困ったな」、とひとりごちた。「並木教授にサンプルを届けに来たんだけど……」

「それは無理だと思う」

その彼女のひと言に、

「あの――無理ってのは？」、と問う。

「さっきのが並木先生だから」

「えっ。あの――狼男が？」

ぽかんとして翔はきいた。「どういうこと?」

「それは私がききたいよ」

ショックのせいか、痛みのせいか、彼女の表情はますます青ざめていった。

「カノジョ、お名前言える?」

翔を無理矢理救急車に押し込んだ隊員の質問が発せられた。隊員にしては、やけにナンパな口調である。

「マユムラサエです——ごめん、それ取ってくれる?」

彼女が指さしたのは、救急車に持ち込んだ所持品のトートバッグだった。翔も知っているスーパーのロゴが入っている。

言われるまま翔が差し出すと、彼女はそこからファスナー付きの長財布を取って、中から保険証を取り出した。

翔のところからも見えた。眉村《まゆむら》紗《さ》英《え》というのが、彼女の名前である。

「それで、君は?」

隊員はメモを取りながら翔に視線を投げた。

「武藤翔」

「カレシね。付き合って何年?」

「違うっていってるだろ」

ムカつく隊員である。

「あとで警察が来るから、どういう状況でこうなったか説明してくれるかな。これ、君がやったの？」

隊員が紗英の足の方を指した。「暴力はいかんな」

「なわけないでしょ。オレは、あの研究室に届け物があって来たわけ。そしたら狼男に襲われてだな。そこにこのひとが入ってきてまた襲われた。そんでオレはもってたクサヤを狼男に投げつけて追い払ったわけだ」

要領を得ない翔の説明に、隊員はただ肩をすくめただけであった。

「あちゃー」

翔は頭を抱えた。「置いてきちまったわ、クサヤ。こりゃ、カバ山の野郎に怒られるな」

「自業自得ということだね」救急隊員がぼそりとつぶやく。

「何が自業自得だ。あんたひとの話聞いてんのか」

翔が言い返したとき、救急車は病院のゲートをくぐって「救急口」の前で止まった。

「なんだか、面倒なことに巻き込まれちまったな」

診察室に入った紗英を待つ間、翔は嘆息した。妙な成り行きである。「あの狼男が並木教授ってのは、どういうことなんだ」

三十分ぐらい待っただろうか。その間に制服警官が来て簡単な話を聞いていったが、どうも京成大学で並木教授が暴れたことはすでに情報として入っているらしく、翔のむちゃくちゃな説明にもかかわらず、ひと通りの聴取だけして帰って行った。

「眉村さんの付き添いの方」

看護師に呼ばれ診察室に入ると、紗英はベッドに横になったままであった。左の足首に痛々しく包帯が巻かれている。

「軽い捻挫《ねんざ》ですね。心配いりませんよ」

白衣を着た男が、レントゲン写真を見ながら翔に話しかけた。「いま熱が出てきてるのと、軽いふらつきの症状も見られますので、二、三時間休んでいってください。病室にベッドを用意しますから」

「そうですか」

どう答えていいかわからず、翔は、目を閉じて横になっている紗英を見た。

「じゃあ、オレはこれで――」

と翔がいいかけたとき、紗英の乾いた唇が動いて、何かをつぶやいた。

「えっ、なんです？」

口元に耳を寄せると、切れ切れの声をようやく聞き取ることができた。

「お迎えに、行かないと――」

目を開け、ベッドから起き上がろうとして頭の辺りを押さえる。足の怪《け》我《が》は処置されたのだろうが、明らかに気分は悪そうだ。

「ああ、もしかして保育園かな。いまは無理しない方がいいですね」

そして、ドクターは翔に向かっていった。「あなたが代わりにお迎えにいけませんか――カレシでしょ？」

4

「泰さん、泰さん」

慌てた様子の狩屋が、ノックもなくドタバタと入室してきたのは、約束の会食に出ようかというタイミングであった。

「なんだカリヤン、そんなに慌てて。どうせ――」

「財布は落としちゃいませんよ」

先回りして狩屋はいった。「そんなことより、大変なんです。また新たな感染者が出たんですよ。マドンナと同じウイルスの感染者が」

「なにっ！」

泰山は思わず立ち上がった。「どこで」

「京成大学です。並木又次郎って教授が発症して暴れだして、警備員に取り押さえられたそうです。マドンナの症状に似ているというんで検査したところ、やっぱり陽性だったと。襲われた助手が怪我をして病院に運び込まれたと報告がありました」

「それで、その並木って教授はどうなった」

「いま鎮静剤で眠らされているようです。しかも、その教授の専門ってのがウイルス学なんだそうです」

　顔を上げた泰山に、疑惑の色が浮かんだ。

「ウイルス……。もしかして、マドンナの一件と関係があるのか」

　泰山は当然の質問を発した。

「それをいま調査中なんですが、実はもっと大変な報告があるんです。落ちついて聞いてください、泰さん」

　狩屋は大きな深呼吸をひとつして続けた。「実は、並木教授が発症したとき、助手の他に、もうひとり来客がいまして。業務提携しているアグリシステムの社員で、それがなんと翔ちゃんだったんですよ！」

「なにっ！」

　泰山の顔色が変わった。「助手が怪我をしたといったな。翔のヤツは大丈夫なのか」

「病院に問い合わせたところ、ちょっと臭う程度で、怪我はないそうです」

「臭う？」

「なんでもクサヤを運んでいたとかで」

「なんでそんなもん……」泰山は眉間《みけん》に皺《しわ》を寄せてみせた。

「アグリシステムが開発している商品企画に、並木教授が協力していたそうです」

　並木とアグリシステムの関係を、狩屋は説明した。「ところで、泰さん、クサヤ好きですか。好きなら送るとアグリシステムはいってますが」

「クサヤはお前にやる、カリヤン。それで翔はいまどうしてるんだ。その並木という教授に襲われたということは濃厚接触者になるんじゃないのか」

「そこですよ、泰さん」

　ようやくかゆいところに手が届いたとばかり、狩屋は両手を鳴らした。「並木教授の感染を知った保健所が病院に連絡をとったんですが、翔ちゃんはつかまらなかったそうなんです」

「どこをほっつき歩いてるんだ、あいつは。おい、貝原」

　舌打ちした泰山は、傍《かたわ》らに立つ秘書に命じた。「お前行って、翔を捜してこい」

「私が、ですか」

　迷惑そうな顔で、貝原はいった。「無理だと思います。手がかりもありませんし」

「保育園に迎えにいった、という話でした」

「保育園？　あいつ、隠し子でもいるのか」

　目を見開いた泰山だが、

「じゃなくて、怪我した助手から、子供の迎えを頼まれたそうで」

　カリヤンの説明に、なんだそうかと胸をなで下ろす。

「その保育園の場所はわかっているのか」

「ええ。身柄を確保次第、こちらに連絡をくれることになっています」

「まったく……」

　すとんとソファに体を埋《うず》めると、大きなため息をついて額のあたりに手を当てた。「よりによって、なんでこんな面倒なことに巻き込まれるんだ。あいつもつくづく星の回りが悪いらしい」

「そのヘンは親譲りかも知れませんよ、泰さん」

狩屋はいったが、泰山にじろりと睨《にら》まれ首をすくめた。

5

「このヘンか？」

地図アプリに導かれて歩いていた翔は、立ち止まって辺りを見回した。夕暮れの町中に、ぼんやりとした門灯が点《つ》き、小さな看板が出ている。

はたがや動物病院――。

「これか」

幡ヶ《はたが》谷《や》駅から歩いて五分ほどの、住宅街にある動物病院である。「まったく、どこが保育園だよ。あの医者もテキトーなことをいう奴だ」

お腹を壊して入院した犬のお迎えに行かないと延長料金がかかってしまう、というのが紗英が抱えていた事情であった。ついては病院が閉まる前に犬を引き取ってきて欲しい、と。

「あの、眉村さんから連絡があったと思いますが、遣いの者です。ええと――タロを迎えにきました」

タロは、紗英が預けた犬の名前である。

「ああ、はい。少々お待ちください」

いかにも動物好きといった感じの小柄な女性が、並んだケージのひとつを開けて外に出したのは、パグ犬であった。

「ここに受け取りをお願いします。それと、診察料と入院料込みで、二万八千円です」

「げっ。いま払うんですか」

「はい、お願いします」

笑顔で言われ、渋々翔は財布を出した。クレジットカードで支払い、レシートをもらう。

ロクなことがねえな。

ぼやきつつ、ケージから出されたタロの前にしゃがみ込んだ。

ところが、潤んだ目が翔を見上げたとたん、逃げだそうとする。

「こら。ちょっと待て」

タロを無理矢理捕まえ、「言うことをきかなかったらこれをやって」、と預かってきたおやつをひとつかみ顔の前に出したものの、そっぽを向くではないか。

「なんだ。欲しくないのか」

撫《な》でようとすると、翔の手から逃げるように体をよじった。年寄りと犬にはウケがいいのが翔の自慢なのに、こういうとりつく島もない反応は初めてであった。どうやらタロとは相性が悪いらしい。

「タロくん、いい子でしたよ」

スタッフが愛想よくいい、「またね」、と頭を撫でる。翔からは逃げるくせに、スタッフには懐いていると見えてされるがままになっていた。

——こいつ……。

「ホントかわいいですね」

「そうですか。そりゃどうも」

翔はぶすっとしてこたえ、「行くぞ」、とリードを引くと、ようやく観念したようについてきた。

さて、問題はこの後である。

すぐ病院に戻っても早すぎるので、どこかで時間を潰《つぶ》さなくてはならない。どうしたものかと思案しながら少し歩くと、うまい具合に小さな公園があったので空いているベンチに腰掛けた。

タロはリードが許す限り翔から離れてお座りし、警戒するように翔を見上げている。

「お前、感じ悪いぞ、タロ。オレだってな、好きでお前を引き取りにきたんじゃないんだからな」

そんなことをいい、やれやれと空を見上げた。「とんだ災難だったぜ。ああ——腹減った」

日中の熱がこもった街の上空は、相変わらずの梅雨空で星は見えなかった。遠く騒がしいのは、少し先に甲州《こうしゆう》街道と首都高が走り、さらに笹塚《ささづか》駅へ頻繁に滑り込んでいく列車が高架を通るからだ。

そのときである。

翔の視界を、にゅっと何か不思議なものが塞《ふさ》いだ。

「うわっ」

慌てて顔を起こすと、いつのまに来たのか全身を宇宙飛行士のような防疫服で固めた人が三人、翔を取り囲んでいる。「なんだ、お前ら」

　最初に頭に浮かんだのは、こんな時間に公園の消毒かよ、という思いであった。

　ところが、そうではなさそうであった。

「武藤翔さんでしょうか」

　なぜか相手は翔のことを知っていたのである。

「ああ、そうだけど」

　わけがわからないまま答えた翔に、相手はいった。

「我々に同行していただけませんか」

「同行？　お前ら何者だよ」

「東京感染研究所の者です。そしてこちらは――」

　中のひとりが、ぐいっと翔に顔を近づけてきた。プラスチックのガード越しに顔が見えるが、暗い公園の照明の下では輪郭もおぼろだ。

「翔ちゃん、お久しぶりです」

　くぐもった声である。

「誰だ、お前」

　問うたものの、その声はたしかにどこかで聞き覚えがあった。

「自分は、公安の新田であります」

「新田？」

翔が思い出したのは、全身黒ずくめにエナメル靴の変態公安刑事だ。よくよく相手を見てみれば、たしかに新田本人である。

「なんで公安がそんな格好してるんだ。なにかのコスプレか」

「翔ちゃん、君は謎のマドンナ・ウイルスに感染している可能性があるんです」

新田が重々しく告げた。

「マドンナ・ウイルス？　なんじゃそりゃ」

初めて聞く名前だ。

「先ほどの会見で、狩屋官房長官がテキトーにつけた名前です。マドンナこと高西麗子大臣を乱心させ、並木又次郎教授を恐ろしい魔人に変えた。まさに人類の敵。翔ちゃん、君はそのマドンナ・ウイルスの濃厚接触者なんです」

「ちょ、ちょっと待ってくれや、新田のオヤジ」

さすがの翔も、逼迫《ひっぱく》する事態の深刻さを悟ったようであった。「濃厚接触者ってどういうことだよ」

「ウイルスに感染している可能性がある、ということです」

ほれ、といって新田は自分の防疫服を強調してみせた。

「マジかよ。嘘だろ」

あまりのことに翔は青ざめた。「オレが……感染」

翔の脳裏《のうり》に、狼男と化して襲いかかってきた並木又次郎の形相が浮かび上がった。

「カンベンしてくれよな。どうすりゃいいんだよ、オレは」

「一緒にきて、感染の有無を確認する検査を受けてもらいます。これ以上の市中感染を阻止するため、ここはひとつ、ご協力をお願いします」

「もし感染してたらどうなるんだ」

慌てて新田に取り付き、「クスリとかはあるんだよね、新田のオヤジ。あるよね？」

「落ち着いてください、翔ちゃん」

防疫服の中から新田がくぐもった声をかける。「治療薬はその――ありません」

「ない――」

翔は唖然《あぜん》とした。「それで落ち着いてたらただのバカだろ」

「その前に感染の確認が先です、翔ちゃん」

くそっ。翔は唇を嚙《か》み、案内されるままに公園の前に停められた救急車に乗り込もうとして足を止めた。

「タロはどうする。ここに置いてくのか」

しかし、すでに新田はタロを抱き上げていた。「タロも検査です。犬にも感染する可能性がありますので」

不思議なことに、タロは喜んで防疫服の新田に抱かれるままになっている。どうも翔とだけ相性が悪いらしい。

「こんなことになったのも、あのカバ山の野郎がクサヤなんか運ばせるからだ」

乗り込んだ救急車で、翔は毒づいた。「あの野郎、もし陽性になったら生クサヤ食わせてやるからな」

翔が運び込まれたのは、四谷《よつや》に近い信濃《しなの》橋《ばし》病院であった。

簡単な検査の後、誰もいない控え室で結果を待っていると、一時間ほどしてボードを片手にもった防疫服姿が現れた。

「──武藤翔さんですね」

ゆっくりと立ち上がった翔はごくりと生唾《なまつば》を飲み込み、防疫服の中に見えている女性医師の表情を窺《うかが》った。

「検査の結果が出ました」

医師が気の毒そうな顔で翔を見たのがわかった。「──残念ながら、あなたは──〝陽性〟です」

その瞬間、ぐらりと翔の体は揺れ、意識が──途絶えた。

6

「陽性？　本当なのかそれは」

検査結果を聞いた泰山の視界は、目の前でストロボを焚《た》かれたかのように真っ白になった。

そしていま、駆けつけた信濃橋病院の隔離病棟、その殺風景な室内を、泰山は分厚いガラス窓越しに眺めている。

翔は、全員の視線の先で、ひとりぽつねんと、背を丸めてベッドにかけていた。

「泰さん、気持ちをしっかりもって」

励ましの言葉は口にしても、悲痛の表情は狩屋もまた同様である。なにしろ、まだ翔が小さかった頃から自分の子供のようにかわいがってきたのだ。

「おい、翔」

ガラスを二度叩《たた》くと、呆然《ぼうぜん》とした翔の顔が回り、はじめて泰山に気づいたようであった。

「オ、オヤジ！」

といったように思えるが、分厚いガラスに阻まれて声は聞こえない。

ベッドから下りてきた翔は、すがるようにガラスに張り付き、何事かわめいている。

貝原が背後から進み出、傍らのインターホンのボタンを押した。

「翔ちゃん、聞こえますか。この部屋はインターホンでお話しすることになっているようです」

「貝原、それを早くいえ！」

インターホン越しに翔がいった。「ヤバいぜ、オヤジ。オレ、感染しちまった！　どうしよう」

「しっかりしろ、翔」

泰山は貝原にインターホンのボタンを押させたまま、あえて冷静な声を出した。

「オレ、どうなるんだ。あの並木教授みたいになるのか」

「新種のウイルスだ。どうなるかはオレにもわからん」

泰山は答え、唇を噛んだ。

「いつ発症するんだ。今日か、明日《あした》か？　治るのかよ。どうなんだ、狩屋のオヤジ！」

「わからないんですよ、翔ちゃん。わからないんです」

今度は狩屋が応じた。「力及ばず、ごめんね」

「貝原、お前が代わってくれ。オレのウイルスをお前にうつせば、オレは助かるはずだ」

「それは違うと思いますが」

貝原は憮然《ぶぜん》としていったが、状況が状況なのでそれ以上は口を噤《つぐ》む分別を見せた。

「とにかく落ち着け、翔」

泰山が宥《なだ》めるようにいった。「いいか。いま大勢の人が、全力でこのウイルスのことを研究している。怯むな。その謎のウイルスと全力で戦うんだ」

「戦うってどうすればいいんだ、教えてくれ！」

翔はわめいた。「ユンケルでも飲むのか。リポビタンＤか？　あ、そうだ、ワインが呑《の》みたいからワイン持ってきてくれ」

「話がズレてきてますよ、翔ちゃん」

狩屋が諭した。「ここは病院なんですし、呑んだら発症してしまうかも知れないんです」

そのとき、

「翔！」

新たな人影が現れたかと思うと、体当たりする勢いでガラスに張り付いた。

綾である。

「おふくろ！　オレはもう――ダメだ」

「大丈夫よ。私がなんとかするから。ね、落ち着いて、翔――あなた、なんとかしてちょうだい。総理大臣でしょう」

後半の言葉は、背後の泰山に向けられたものだ。「カリヤン、なんとかして。貝原さんも。ねえ、なんとかなるのよね？」

返事はない。

「ちょっとなんとかいって！　翔を見捨てるつもり？　国民のために努力するのが武藤泰山なんじゃないの。家族すら守れない男が、どうして国民を守れるの。なんとかいってよ」

胸で拳《こぶし》を受けた泰山は、黙って唇を噛んで天井に顔を向けていたが、

「翔、とにかく頑張れ。――行くぞ、カリヤン」

そういって病室に背を向けた。

「ちょっと、あなた」

取り乱した綾が、その背に向かって言葉を放つ。「あなた、翔を見捨てるつもり？」

「見捨てるもんか。翔はオレの息子だ」

前を向いたまま泰山は、言葉を絞り出した。「そして、総理であるオレにとって、翔もお前も、家族であると同時に、大事な――大事な国民のひとりだ。オレはなんとしても、その国民の幸せを守り抜く。そのためにはここにいては戦えない。カリヤン、感染対策チームを招集してくれ、大至急だ。――待ってろ、翔」

背後の病室にくれた泰山の一瞥《いちべつ》は炎のように燃え盛っていた。「この武藤泰山、全力でウイルスと戦う。これは、ウイルスと人類の――戦争だ」

7

「残念ですが――本日、都内で新たに三十六人の新規感染者が確認されました」

報告した感染対策チーム・リーダーの根尻が見せたのは決然たる面持ちであった。新たな感染拡大を予測し、その事態を正視し立ち向かわんとする表情である。

官邸での面談であった。

「いまのままでは、この感染拡大は収まりません、総理」

根尻は断言して続ける。「正式には対策チームの提言としてまとめていますが、いくつかやるべきことがあります。ひとつは緊急事態宣言。もうひとつはマドンナ・ウイルス感染者の受け入れ病院の拡大。そして、感染源の確認です」

「感染源、ですか」

泰山は一旦《いったん》は床に落とした視線を上げて根尻を見た。

マドンナがどこで感染したか、いまだわからないままである。

そのとき、

「それについてですが――」

公安刑事の新田が切り出した。「発症した並木教授の行動を調べたところ、二週間ほど前まで、ロシアのサハ共和国に行っていたことがわかりました」

「ロシアだと」

泰山は眉《まゆ》を上げ、思わず狩屋と視線を合わせる。

「そういえばマドンナもロシアでの国際会議に出てましたね、泰さん」

狩屋は視線を転じ、「つまり、マドンナと並木教授には共通項があったってことか」、と新田にきいた。

「ご賢察の通りです」

「いまサハ共和国といったな。マドンナが出張ったのはモスクワだ。どうつながるんだ」

泰山の質問を予測していたのだろう。新田はスーツの内ポケットから折りたたんだ地図を出して広げた。手書きの赤い線が書き込まれた地図である。

「こちらがサハ共和国です」

極東のかなり北部に位置するところだ。

「シベリアですね」、と泰山の背後から覗《のぞ》き込んだ貝原がぽつりといった。新田が続ける。

「この辺りは国土のほとんどが永久凍土です。ちなみに、真冬の気温はマイナス七十度を記録したこともあります」

「並木教授は、こんなところまでなにをしにいったんでしょう」

貝原が疑問に思うのも無理はなかった。サハ共和国は、いわば地球の辺境である。誰もが好き好んで出かけるような場所とも思えない。

「助手の眉村紗英さんによると、ロシア東北連邦大学のセルゲイ・イワノフ教授を訪ねたとのことでした」

「具体的な移動ルートはわかったのか」

泰山の問いに、新田はしかつめらしく頷《うなず》いた。

「この赤い線が並木教授の移動ルートです」

「シベリアの、また随分と奥地まで行ってるな」

泰山は首を傾げた。「こんなところに大学があるのか？」

「イワノフ教授のフィールドワークに参加したそうです」

フィールドワークとは、要するに現地調査のことである。

「シベリアの奥地で現地調査か。何の研究だ」

腑《ふ》に落ちない表情できいた泰山に、新田のこたえは意外だった。

「冷凍マンモスを探しにいったそうです」

全員の顔が上がった。

「なんでウイルス学の教授が冷凍マンモスなんて」

狩屋が全員の疑問を代弁したとき、

「冷凍マンモス、か……」

険しい表情でつぶやいたのは、根尻である。

「何かありますか、先生」

泰山に問われると、根尻は言葉を選んだ。

「永久凍土に未知のウイルスがいたとしても、私は驚きません。冷凍マンモスを探す並木教授の目的はマンモスじゃなくて、あくまでウイルスだったんじゃないのかな。ところがそのフィールドワークで凍土の何かに触れて感染した。その『何か』が問題ですが」

「その『何か』に触れて感染した並木教授ですが――」

新田が後を継いだ。「調べてみると、帰りの飛行機で高西大臣と隣り合わせの席でした。そこだけファーストクラスで、他の随行員は後方の離れた席に座っていたことが判明しています」

「それだ」

狩屋がパチンと指を鳴らしてみせた。「それなら、国際会議に参加した者の中で、マドンナだけが感染したことの説明もつきますよ、泰さん」

真相らしきものに近づき、狩屋の口調はかすかに興奮を帯びている。しかしそのとき、

「そのふたりが隣り合わせの席になったのは、果たして偶然でしょうか」

貝原が新たな疑問を口にしたのであった。

「高西大臣の事務所によると、その席にしてくれと、高西議員本人から頼まれたそうです。並木教授と話がしたいからと」

すでに新田は調べていた。

「頼まれた？」

はて、と泰山は思案する。「ふたりは知り合いだったということか」

「並木研究室の眉村助手の話では、とくに親しいというわけではないが顔見知りではあったとのことでした」

「話の内容はわからないのか」泰山はきいた。

「調べましたが、環境対策について、ということぐらいしかわかりませんでした。いま尋ねようにも、高西大臣も並木教授も、容体が不安定で話が出来ない上に、最近の記憶が失われておりまして」

新田は難しい顔になる。「フライトの予約をする少し前、大臣にいわれて秘書が環境対策についての意見を伺いたいと並木教授に連絡を入れていたとのことです。スケジュールを摺《す》り合わせたところ、ロシアからの帰路であればふたりとも好都合ということで、飛行機の便を合わせたと考えられます」

「なんてこった」

泰山が嘆息し、微妙な間合いがその場に落ちた。

「そもそも、並木教授と環境対策になにか接点はあるのかい、新田君」そうきいたのは狩屋だ。

「並木教授は、昨年までグリーンアスパラのメンバーでした」

「あの、グリーンアスパラの……」

泰山は怪訝《けげん》な口調でつぶやいた。

グリーンアスパラというのは愛称で、正式には、日本温暖化会議という。気象や気候に止《とど》まらず、地質、生物、天文学、さらに経営など多岐に亘《わた》る一流の学者たちの集団で、温暖化政策の、いわばご意見番といっていいコワモテ集団である。

「並木教授は昨年九月にグリーンアスパラのメンバーから外れ、後任には、気象学の権威で東西《とうざい》大学の田辺明人《たなべあきひと》教授が就任しています」

「メンバーから外れたというのは、なんでなの」狩屋がきいた。

「学者同士の勢力争いが日常的に存在するという話はきいています。かなりの利権がからむ団体ですので」

さすが新田だけあって、大方のところは見通していた。「並木教授がその勢力争いに敗北したという見方も一部ではあるようです。いずれにせよ、ふたりが二週間も前に行動を一《いっ》にしていたのは確実です」

「しかし、これが事実だとすると、マズイな」

泰山が難しい顔で腕組みをした。「ふたりとも感染に気づかないまま二週間ほどを普通に過ごしたことになる。また感染者が出るぞ」

「総理、感染爆発が起きる前に、緊急事態宣言を発出するべきです」

重々しく、根尻がいった。「そのためのガイドラインを我々対策チームでまとめます。ご決断ください」

「それがウイルス拡大を防ぐために必要とあらば、そのときは腹をくくりましょう」

泰山はいってから、ふと考える。「それにしても、マドンナは並木教授とどんな話をしたのかな。――おい貝原」

傍らの秘書に声をかけて泰山は命じた。「お前、並木教授の研究室にいって調べてこい」

「私がですか」

本業以外のことはやりたがらない貝原はイヤそうな顔になる。「新田刑事あたりが適任と思いますが」

「いや、政策の参考にしたいんでな。マドンナが何を考えていたか知りたい」

泰山はいった。「どんな環境政策を検討していたのかがわかれば、マドンナの代わりにオレがやってもいい」

「そういうことでしたら」

貝原は渋々承諾し、並木研究室に訪問のアポを取るために執務室を出ていった。

8

殺風景な病室にははめ殺しの窓がひとつあって、ブラインドの隙間から六月下旬のどんよりとした空が見えていた。

狭い病室のベッドで天井を見上げながら、翔は考えていた。

「今日って、何曜だっけ……」

寝っ転がった頭の後ろで手を組み、ぼそりとつぶやく。こうして殺風景な部屋でやることもなく五日も過ごしていると、曜日の感覚が遠のいていく。

しばらくして、

「カバ山は元気かな」

どういうわけか嫌いな上司のことを思い出した。

アグリシステムのカバ山が血相を変えてやってきたのは、狼男の事件当夜のことである。

「む、武藤、武藤くん！　大丈夫か」

そのとき、インターホン越しに聞いたカバ山の声は裏返っていた。

「大丈夫なわけないっすよ！」

翔は抗議口調でこたえ、カバ山から尋ねられるまま、並木との経緯《いきさつ》を話すと、

「これは大変なことになった」

みるみるカバ山の顔から血の気が引いていった。翔のことを心配したのかと思ったが、そうではない。

「眉村先生まで怪我をされてしまうとは！」

翔などそっちのけで頭を抱えたカバ山は、エライことだ、エライことだと繰り返しつぶやきながら悄然《しょうぜん》として引き上げていった。これは労災適用だからね、というひと言を残して。

「何がローサイだよ、クソ上司め」

あまりのことに、翔は口に出して吐き捨てた。「つうか、ローサイってなんだ」

そんなことより、いま翔の頭を一杯にしているのは、いつ自分が発症するのか、ということであった。並木教授のすさまじい狼男ぶりを思い出すにつけ、自分が発症したときのことを考えると、たちまち気が滅入《めい》ってくる。発症者が記憶喪失の状態になっているという医者の話も気にな

っていた。

翔が抱えているのは、誰にきいても答えのない問題である。そのとき、

「武藤くん」

インターホン越しに呼びかける声がして、横になったまま視線を転じた翔は、あ、と声を上げた。

眉村紗英だ。

翔が起き上がると小さく手を振って寄越す。

「どうも、先日は」

立っていって翔が応《こた》えると、

「こちらこそ、お世話になりました。こんなことになって、ごめんね」

紗英はそう詫《わ》びた。

「別に、先生のせいじゃないし……」

紗英は並木研究室の助手だが、カバ山が「眉村先生」と呼んでいたのを思いだし、翔もそれに倣《なら》った。並木共々、アグリシステムにとって大切なビジネス相手であることは間違いない。

「それよか、もういいんですか、捻挫」

翔は、ガラス越しに紗英の足下を指さした。

「まだ少し痛いけど、時間が経てば治る」

「そうですか。オレのは治りませんけど」

翔が恨めしそうにいうと、「申し訳ない」、と紗英は改まって頭を下げた。「一度、謝りたくて。

どんな具合か気にもなってたし」

「そりゃどうも」

応えた翔は、ふと気になって、「あの、眉村先生は、ウイルス大丈夫だったんですか」、ときいた。

「そうなんだ。私は運が良かった」

「オレは運が悪いです」そういって、翔は肩を落とす。

紗英はガラス越しに翔の顔色を観て、「具合はどう？　微熱とか、なにか変わったことは」、ときいてきた。

「いえ」

翔は元気なく首を横に振る。「なーんも、変わったことはないっすよ」

「そうか……」

「あの――ひとつ聞きたいんですけど。並木先生って、どこで感染したんすか」

「たぶん、可能性が高いのはシベリアじゃないかな」

紗英の答えは意外だった。

「シベリア？　それって、日本からずっと上へ行って――」

「そうそう、ちょっと左へ曲がったあたりよ」

紗英はスマホで地図を出すと、小学生にでも説明するように指で示してみせた。「この辺りにサハ共和国というのがあって、二週間ぐらい前に、現地の大学の先生とフィールド調査に出かけたんだ」

「シベリアのウイルスが、いまオレの体の中に入り込んでるのか――」

愕然《がくぜん》とした翔に、

「ああ、そうそう」

思い出したようにいうと、紗英は、肩から提げていたバッグから何かの箱を取り出した。

「これ差し入れ。武藤くんの会社と並木先生がコラボして開発している商品の試作品ができたって。さっき届いたから持ってきた」

ガラス越しに紗英が見せたのは、和菓子が入っていそうな白い箱であった。試作品のせいか飾り気は一切ない。

「なんの試作品なんすか」

きいた翔に、

「マンモス味の人工肉らしい」

自身、ピンと来ない表情で紗英はいった。「『マンモスくん』ってネーミングらしいけど」

「あ、それカバ山がいってた奴かな」翔も思い出した。

「食べやすいようにビーフジャーキーみたいにしてあるって。看護師さんに預けとくから遠慮なくどうぞ。元気になって、また研究室に来てね」

そういうと紗英は短い面会を切り上げて帰っていく。人工肉「マンモスくん」が、看護師を介して翔に届けられたのは、それから間もなくのことであった。

「何が遠慮なくどうぞ、だ。しかしウチの会社も守備範囲広いな。こんなもの作ってるのか」

病室でひとり、箱を開けてみる。たしかにビーフジャーキーのようなものが細切りになって入っていた。

「なんでマンモスなんだ」

肝心の説明はない。一口食べてみる。

「なんじゃこりゃ」

奇妙な味であった。見た目は、よくあるビーフジャーキーと変わらない。「マンモス味かよ、テキトーだな」

むろん、これがマンモスの味だといわれても、マンモスの肉を食べたことがある者は、世界中探してもいるはずがない。

「こんなもん、売れんのかよ」

ぶつぶついいながらもあっという間に完食した翔は、することもなくベッドに仰向けになった。

どれくらい時間が経ったか、ノックがあって看護師たちが入ってくると、翔の体温を測り、血液検査をして出て行った。

毎日同じことの繰り返しで、隔離病棟の一日は、刑務所の独房とさして変わりはしないだろう。こんな部屋に長くいたら、感染してなくても頭がおかしくなりそうだ。

「いったい、いつまでここにいなきゃいけないんです？」

看護師に問うてみるが、「ドクターの判断ですから。頑張りましょう」、と、こたえは判で押したようにいつも同じだ。

翔の担当医は、猪口《いのぐち》という、人間とイノシシの中間ぐらいの顔をした男であった。百キロ超えの巨体で、医者の不養生を地で行く中年男である。その猪口に早く退院させてくれというと、

「そんな淋《さび》しいことをいわないで、もう少しいてくださいよ」

クラブのママみたいなことをいって、はぐらかすのであった。

その猪口が、ノックとともに不審そうな顔で現れたのは、紗英の訪問からさらに数日が経った日の午後三時過ぎのことである。血液検査の時間でも、回診の時間でもない。翔が顔を上げたのは、猪口にただならぬ気配が漂っていたからであった。

「どうかしたんですか、先生」

「午前中の検査、陰性でした」

猪口はいった。

「それってつまり、ウイルスがその——」

「確認されなかったんですよ。ちょっとあり得ないと思いましてね」

「結構なことじゃないですか。オレ、もう帰るわ」

陰性と聞いてそそくさと立ち上がった翔を、まあまあと防疫服の三人が押しとどめる。

「なんだよ。陰性ならもう用はないだろ」

声を荒らげた翔に、もう一日だけ、と猪口はふとっちょな指を一本立てた。

「明日もう一度検査させてください。それで陰性であれば退院していただいて結構です。その場合、このウイルスの新たな特徴が判明したことになります。若い人は感染しても、無症状のまま

発症せず、快復するのかも知れない。もちろん、個人差はあるでしょうが」

「まあ、日頃の心がけが違うからさ」

翔は軽口を叩き、「どうせ戻ったところで会社に行くだけだし、もう一日ぐらいいてやるか」、とエラソーな態度になる。

翌朝の検査の結果は、昼前に出た。

「どうだった、先生」

入室してきた猪口は、こめかみあたりに指を押しつけ、頭痛でも堪《こら》えている顔をしている。もはや防疫服でもなかった。

「陰性でした。なんでかなあ」

「理由なんか知ったことか」

そう言い放つや、翔はそそくさと荷物を片付け始める。「約束通り、退院させてもらうぜ、先生。それと、ここの入院代だけど、オレ、おカネないから首相官邸に回しといて。狩屋のオヤジが払ってくれるから。よろしくね」

そういうや、風が吹き抜けるかのごとく隔離病棟を後にしたのであった。

9

翔の退院が決まろうという頃、貝原は自らクルマのハンドルを握って京成大学を目指していた。

大学構内に入り、指定されたパーキング・スペースにクルマを入れると、守衛に教えられた研究棟を探して三階へ上がる。

三〇七号室のドアは開け放たれていて、

「失礼します」

と室内を覗き見た貝原は、スチールの棚に並べられたガラス瓶入りの標本にぎょっとなった。

並木教授の専門はウイルス学であったはずだが、この研究室の光景はさながら生物学教室だ。

不気味さ漂う光景に目を奪われていた貝原であったが、

「あの――」

不意に背後から声をかけられ、「うわっ」、と思わず飛び上がった。

「驚かせてすみません。あなたは――」

三十歳そこそこの女性がそこに立っていた。髪を後ろでまとめ上げ、白衣を纏《まと》った女性である。

「先日は突然のお電話を、すみませんでした。貝原と申します」

胸ポケットから名刺を取り出して渡すと、その女性はしげしげとそれを眺めた。

「武藤総理の秘書さん……」

それから自分も名刺を取り出し、

「眉村です」

と貝原に差し出す。

化粧気はなく、派手なアクセサリも身につけていない。質素だが、知的な輝きを放つ女性であった。

「失礼ですが、並木先生はウイルス学の権威と聞いております。でも、この研究室はどこか生物学教室のような――」

「ああそれは」

よく受ける質問なのか、紗英は微笑んだ。「そこに並んでいるのは、ウイルスの宿主《やどぬし》たちなんです。ウイルスと宿主の関係を研究するのがこの研究室のテーマですので」

「ウイルスと宿主の関係、ですか」

あらためて棚の瓶を見る貝原の顔は幾分引きつっていた。「するとこれらにはウイルスが？」

「人間に害を及ぼすものはさすがにここには置いていません。危険ですから」

「そりゃそうですよね」

安堵《あんど》した貝原に、

「ところで、並木先生のことは先日、黒ずくめの公安の刑事さんにお話はしたんですが、他に何かあるんでしょうか」

改まって紗英がきいた。

「ご存じのように、高西大臣はいまだ職務に復帰するところまで快復していません」

改まった口調で貝原は本題を切り出した。「機内で並木先生から何のために、どんな話を聞こうとしていたのか、総理はそれを知りたいとお考えです。それがわかれば、彼女の意思を継いで動くことができるはずだと」

「なるほど」

紗英は少し考え、「それが……。並木先生は、私たちにも高西大臣とお会いすることを伏せてまして。帰りの飛行機で高西大臣と乗り合わせていたことも公安の刑事さんから知らされたぐらいです。話の内容までは……」

「何もおっしゃらなかった、と？」

「ええ、ひと言も。よくわかりませんが、内容次第では大臣の方から口止めされることもあるんじゃないでしょうか」

「もちろん、そういうことも考えられます」

貝原は認め、「記録は残っていないでしょうか」、と不躾《ぶしつけ》ながらきいてみた。「メールや手帳のメモのようなものでも結構です。差し支えない範囲で、拝見できないでしょうか」

「この研究室にあるものでしたら、ご覧いただいても結構です」

紗英はいい、奥まったところにある並木の個室まで案内してくれる。

さして広くはない部屋にデスクとチェア、さらに来訪者用と思われる椅子が一脚。壁は、数十枚もの写真で埋められていた。デスクには雑然と書類が積み上がり、ピクチャースタンドに入れた家族写真が奥側に埋もれている。妻とふたりの息子たち。それを手にした貝原の印象は、「ちょっとキツそうな奥さんだな」というものであった。子供たちは高校生ぐらいで、ふたりとも父親似。それが不満であるかのように、母は笑わず、目を真っ直ぐにカメラに向けている。新田の報告には無かったものだ。もっとも、報告すべき類《たぐ》いのものとも思われないが。

「ご家族の方も心配されているでしょうね」

貝原がいうと、

「離婚されてますので」

という返事があった。「お子さんたちとも関係がギクシャクしているらしくて、どなたもお見舞いにいらしてないということでした」

「そうでしたか」

なんと答えていいかわからず、「余計なことをいいまして、すみません」、と貝原は詫《わ》びた。

「いいえ。研究室では周知の事実ですから——パソコン、立ち上げましょうか」

「パスワード、わかるんですか」

「ええ。たまに出先からデータを送ってくれと頼まれることがあるんで、私も共有しています」

「お願いします」

パソコンを立ち上げて紗英が暗記しているパスワードを素早く入力すると、すんなりと入ることができた。

「これ、公安の刑事も見ましたか」

「ええ。確認されました」

「一応、拝見します」

パソコン内を「高西」で検索したがヒットしなかった。さらにひと月ほど前までのメールをチェックしてみたものの高西からのものはない。あれば新田がチェックしたはずなので、当然の結果ともいえた。

「おそらく、電話でやりとりしていたんだと思います」

紗英がいった。「スマホについては私も管理していません。むしろ高西大臣の事務所の方にきいた方が早くありませんか」

「ごもっともなんですが、実はここに来る前、すでに寄ってきたんです」

「何もみつからなかった——？」

「はい」

貝原は困った顔で頷《うなず》き、改めて散らかった机上に目を転ずる。

「このデスクは、並木先生が発症したときのままですか」

「ええ。何も触っていません」

プリントアウトした英語の論文資料、壁に貼ってある作業リストは、どれも学内の用事ばかりだ。採点中の学生のレポート、それとは別に、校正用の赤を入れた論文もあった。

「この論文は？」

「ああ、それは気候変動に関する論文ですね。ウイルスと気候変動といったことにも並木先生は興味を持ってましたから」

そういえばグリーンアスパラのメンバーだったな、と貝原は思い出した。

「並木先生は、どうしてグリーンアスパラをおやめになったんですか。もし差し支えなければ」

気になっていたことを、貝原はきいた。

「私も詳しいことは聞いてませんが、グリーンアスパラに参加している学者の中で、いろいろあるみたいですね」

紗英は言葉を濁す。「狭い世界ですから」

「わかります」

狭い世界という意味では、政界もまた似たり寄ったりである。論文を戻そうとした貝原は、表紙の「日本温暖化会議編」という記載に気づいて、ふと手を止めた。グリーンアスパラでまとめた論文だろう。日付は二ヶ月前で、並木がグリーンアスパラを退いたのは、これより半年以上も前である。

英文字で埋まったページの余白には、並木のものと思われる手書きのメモがところどころ書き込まれているが、どれも今回のウイルスや高西大臣との関係を窺わせるものではなかった。どうやら空振りに終わったらしい。

「ひとつお伺いしたいのですが、並木先生は、ウイルス学の専門でいらっしゃいますよね」

頭に浮かんだ疑問を貝原はきいた。「なのに、温暖化会議であるグリーンアスパラに参加されていたというのは、何故なんでしょう。ジャンルが違うように思えるのですが」

「温暖化は、あらゆるものに影響を及ぼすんです。ウイルス学の分野にもそれは言えます。新種のウイルスの発生や感染拡大といった観点から温暖化を論じるのが並木先生の立場だったんです」

「温暖化が進むと、新たなウイルスが生まれる可能性があるということですか」

単なる興味からの質問であったが、「ええ」、と紗英は真顔でうなずいた。「今回の新ウイルスも、その一種かも知れません。誤解を招く表現かも知れませんが、並木先生は、ウイルス・ハンターだったんです」

「ウイルス・ハンター？」

「人間に感染しそうなウイルスを察知し、感染したときの対応策を考える。重要な仕事であることは、いまならおわかりになると思いますが」

「もちろんです」

貝原はもう一度、壁の写真を見上げた。学生たちに囲まれたもの、パーティ会場だろうか蝶《ちょう》ネクタイ姿でワイングラスを掲げて数人で写っているもの、また海外の研究者たちと雄大な自然をバックに撮影されたものも、猥雑《わいざつ》な街角や魚が並ぶ市場での写真もある。

「世界中を飛び回っていらっしゃったんですね」

そのとき貝原は、一枚の写真とその下に貼られた黄色い正方形の付箋《ふせん》に視線を吸い寄せられた。

写真の中の並木は、どこか東洋風の面立ちをした男たちと肩を組んでいる。背景には大河らしきものが流れているが、川縁《かわべり》の風景は殺風景で色彩に欠けていた。果たしてどこで撮った写真なのか、ヒントは貼り付けられた付箋にあった。そこには手書きで、「ロシア東北連邦大学、イワノフ教授」とあり、電話番号らしきものが記されていたのである。

「この写真はシベリアで撮影されたものですか」

貝原がきくと、紗英が体を乗り出して見た。

「ええ。去年の夏だと思います。バタガイカ・クレーターに出かけたときのものでしょう」

「バタガイカ・クレーターとは？」

「シベリアの奥地にある巨大な穴です。永久凍土が溶けて出現したものなんですが。――写真をお見せしましょう」

紗英はいい、デスクトップのモニタに、その空撮写真を出した。巨大なカブトガニのような形の窪《くぼ》みで、ＵＦＯの不時着現場だといわれれば信じる人もいるかも知れない。

「直径は一キロぐらい。永久凍土の壁は、高さが九十メートル近くあります」

教室で学生を相手にしているような口調になって、紗英は続ける。「シベリアの永久凍土の下には、たとえば百万年前に生きていた動物がそのまま眠っています。化石になることもなく、中には皮膚や体毛、血液すら残っているものもある。どういうことかおわかりになりますか」

「そこに新種のウイルスが存在する可能性があると、そういうことでしょうか」

「そうです。そのために並木先生は冷凍マンモスを探していたんだと思います」

「冷凍マンモス……」

貝原は思わず、紗英の顔を見た。新田の報告通りである。

「イワノフ教授は、冷凍マンモス発掘のスペシャリストなんです。いままで何体ものマンモスを永久凍土から掘り出して、実績を挙げています。並木先生は、イワノフ教授の調査に同行して、マンモスの体内にいるかも知れないウイルスを発見しようとしていました」

「あの――どうしてマンモスなんです？」

「マンモスの絶滅説には、いくつかあって――」

紗英は教室で学生の質問にこたえるように続けた。「当時の人類が狩猟で殺しすぎたからとか、気候変動説、そして病原菌による感染症説――。並木先生とイワノフ教授はウイルスによる感染症説を唱えていて、共同のフィールドワークでそれをサンプリングしようとしたんでしょう」

「そして、おそらく――感染したと。人間にも感染するウイルスだったということですか」

ミイラ取りがミイラになるような話だ。

「断定はできませんが」

紗英も頷いた。「地球温暖化によって永久凍土がどんどん露出して冷凍マンモスが発見される可能性が格段に高まっているんですが、同時にそれは新たなウイルスが出現する可能性でもある。温暖化によって蘇《よみがえ》った一万年前の古代ウイルスが、今度はマンモスじゃなくて人類の脅威になるかも知れない」

「この話は、誰かにされましたか」

「いえ」

紗英は首を横に振った。「並木先生もこの研究分野については調査段階で、論文にはしていません。ただ、温暖化会議ではこうした脅威について発言してたはずです。チーム内での反応はいまひとつのようでしたが」

「それはどうして」

「あくまで仮説に過ぎない、という理由が大きいと思います。もうひとつは、もっと現実的な理由からです」

「現実的な理由？」

「ええ」

紗英はどこか釈然としない表情で頷いた。「冷凍マンモスから古代のウイルスが復活するなんておとぎ話では、企業献金が集まらないからです」

「企業献金、ですか」

これもまた意外な話であった。「グリーンアスパラは、そういうものと関係があるんですか」

「あるもなにも」

紗英はあきれているような顔でいった。「ある意味、グリーンアスパラは強力な集金システムなんですよ。あのチームから離れるということは、経済的な後ろ盾を失うことでもあるんです」

「なるほど」貝原にはピンと来た。

もしかすると、高西が目をつけたのは、日本温暖化会議をめぐるカネの問題だったのではないか。或《ある》いは、日本温暖化会議という組織より、個別の学者に関する疑念だったのかも知れない。

紗英にそれをきくと、「さあ」と首を傾げた。

「私にはわかりません。そういえば、先日公安の刑事さんがいらっしゃった後、イワノフ教授に電話をしたんですが、興味深い話をされていました。並木先生の症状をお話ししたんですが、過去に似たような症状が噂になったことがあると」

「噂、ですか。その話、詳しく聞かせていただけませんか」

新田も聞いていない話だろう。貝原は記録を取る手を止めて顔を上げた。頭をよぎったのは、根尻もまたそんな噂話を聞いたことがあると語っていたことだ。

「数十年も前、正気を失って暴れる奇病が流行《はや》ったと。冬だったので、真冬の戸外に飛び出した人は亡くなったそうです。シベリア地方の冬は極寒ですから。当時、若手研究者だったイワノフ教授が噂を聞きつけて駆けつけたときには、遺体はすでに軍によって焼却され、調べようがなかったそうです。その町にいけば何か手がかりがあるかも知れませんが、根拠のない都市伝説ということも考えられます。だから正式な記録がないともいえるでしょう」

そういって紗英が教えてくれたのは、「バタリタ」という、人口二千人足らずのシベリアの町であった。

10

「カネがらみか」

イヤな予感がするのか、泰山は口をへの字に曲げた。「まさか癒着とか、その手の話じゃねえだろうな」

「あちゃあ」

勝手に決めつけて顔をしかめた狩屋が、額のあたりをぺしゃりと叩いた。「そりゃマドンナも秘密裏《り》に行動するはずですよ、泰さん。グリーンアスパラは環境大臣の諮問機関という位置づけですからね。こりゃ、環境政策とかとは無縁のスキャンダルかも知れませんよ」

「魚心あれば水心ありってやつだ」

自身、過去に様々な癒着をしてきた泰山である。「まあ気持ちはわかる」

「先生、いまのは失言かと」

すかさず指摘した貝原に、「お前に言われんでもわかっている」、と泰山はぶすっと腕組みをした。

「仮にグリーンアスパラに何か問題があれば、それを調べた方がいいんじゃないですか、泰さん」

「それは優先順位が違うぞ、カリヤン。ここはウイルス対策が先だ」

カッと見開いた目で一点を見据えた泰山は、傍らに立つ貝原にきいた。「シベリアで似たような症状が出たといったな」

「ただ、噂の域を出ないそうです。政府が隠蔽《いんぺい》した可能性もありますが」

「おそらく、国として調査を申し入れても、ロシアは動かないだろう」

「どうします、泰さん」

瞑目《めいもく》して黙り込んだ泰山は、どれだけそうしていたか、

「シベリアはいま何度だ、貝原」

再び開けた目を真っ直ぐに向けたまま問うた。

「二十五度だそうです」

スマホで調べた貝原が回答する。

「さして日本と変わらないな」

秘書を見上げた泰山は、軽い口調でいった。「お前、行ってこい」

「最近、ストレスのせいか耳が遠いのですが」

暗に逃げようとする貝原に、泰山は鋭い一瞥をくれた。

「並木という教授がどこで何をしていたか。行動ルートを辿《たど》ってこい。ＷＨＯに働きかけて調査団を派遣するとなれば話はややこしいが、お前が観光旅行する分には大丈夫だろう。マドンナがどこでウイルスを拾ってきたか感染源が特定できるかも知れん」

「そういう任務でしたら、私などより新田刑事あたりが適任かと」

「新田君は公安の人間だ。相手にバレてはマズイ。スパイと勘違いされる可能性もある」

泰山はもっともらしくいった。

「しかしですね、先生――」

「だったら、オレが行こうか」

貝原が何事か反論しかけたとき、
といったのは折しも退院の報告に官邸に立ち寄っていた翔であった。見れば貝原が資料として買ってきたシベリアの観光案内のページをめくっているところだ。

「お前、観光旅行か何かと勘違いしてないか。だいたい会社はどうした。なんでここにいる。治ったんだから、さっさと会社へ行け」

泰山に指摘されると、

「生憎《あいにく》、念には念を入れて二週間自宅待機しとけっていわれちまったんだよ、うちの課長に」

翔は、続ける。「それにさ、オレって抗体持っちゃってるし。これでどこへ行っても、誰と会ってもマドンナ・ウイルスには感染しませんときた。どうだすごいだろ」

「バカは感染しても快復するんだろうよ」泰山がいうと、

「じゃあ、オヤジも大丈夫だぞ、きっと」

翔が言い返す。「要するに、そのバカリタなんとかっていう町へ行って――」

「バタリタですよ、翔ちゃん」

貝原が修正したが、翔はあっさり無視した。「そのバカリタへ行って、並木って教授が泊まったホテルとか、出かけた場所を見てくりゃいいんだろ。簡単じゃねえか。オレ、シベリアって、いっぺん行ってみたかったんだよな」

「やっぱり遊びと勘違いしてやがる」

呆《あき》れた泰山に、

「でも、翔ちゃんのいってることも一理ありますよ、泰さん」

狩屋が応援に回った。「第一、感染しないっていうのがいいじゃありませんか。それに翔ちゃんにしてみれば、これはある種、仇討《あだう》ちみたいなものです。自分が感染したウイルスの起源を訪ねて――なんてNHKの番組になるかも」

「なるか、そんなもん。受信料返せって騒がれるのがオチだ」

泰山はいったものの、「二週間もウチでゴロゴロされるよりマシか」、と誰にともなくつぶやくと、

「わかった。行ってこい」

一瞬にして手のひらを返した。「とはいえお前ひとりじゃ心許《こころもと》ない。貝原、やっぱりお前も行

け」

貝原は極限まで顔をしかめている。

「こんなのと行くぐらいなら、私、ひとりで行きたいです」

「こんなのとはなんだ、貝原」

翔がむっとしていった。「誰のおかげで秘書やれてると思ってるんだ」

「少なくとも翔ちゃんのおかげじゃないですね」

しかめ面《つら》で応じた貝原であったが、「ぶつくさいわないで、行ってこい。これは業務命令だ」、という泰山のひと言で反論は封じられた。

「旅費は官房機密費から出してやってくれ、カリヤン」

官房機密費は、官房長官が管理している、領収書不要のへそくりみたいなものだ。

「あと、お小遣いも頼んだぜ、狩屋のオヤジ。それと貝原、飛行機のチケット、すぐに手配してくれ。ファーストクラスで頼むぜ。二週間のバカンスだ！」

翔は、上機嫌で拳を握りしめた。

第三章　バタガイカ・クレーター

1

　ここに来るまで、巨大なタイガの森を抜けてきた。

　成田《なりた》からロシア連邦サハ共和国の首都ヤクーツクまで十時間半。初日はヤクーツク市内で一泊し、昨日は朝一番の飛行機に乗って、さらに二時間弱。到着したのは、眉村紗英から教えられたバタリタ——正しくはバタリタ＝アリタという、人口およそ千八百人の小さな町であった。

「先生、まだ歩くんですかあ。こんな山道を歩くなんて聞いてないんですが。足が痛くなってきた。靴が合わねえのかなあ」

「文句言わないの。歩く歩く」

　勇ましく答えたのは、眉村紗英であった。「〝貴様の足を靴に合わせろ〟、って日本軍ではいわれてたらしいよ」

「そんなこといってるから戦争に負けんだよ、まったく」

ぶつくさいいながらも、翔は重いリュックを背負い、渋々ついて行く。ここではぐれれば百パーセントのたれ死に、野生動物の餌食《えじき》になるのがオチだ。

「貝原、なんで紗英先生なんかに声かけやがった」

縦列の真ん中を歩いている貝原に文句をいった。「オレとお前だけで、問題なかったんじゃねえか」

「問題あるでしょ。我々だけで、クレーターまで行けないし。眉村先生に声がけしたのは大正解ですよ。私を褒《ほ》めていただきたいですね」

翔とのシベリア行きが決まった後、眉村紗英にも参加を打診すべきだと主張したのは他ならぬ貝原であった。イワノフ教授と面識があり、何度かシベリアに出向いて土地勘もあるというのがその理由だ。

「だいたい、研究室の助手ってそんな暇なんですか」

翔は、膨《ふく》れっ面《つら》だ。

「ボスがいないんだから、開店休業。もうすぐ学校も夏休みだし。貝原さん、ありがとね」

ここに来るまでの道中で、紗英とはかなり打ち解けた。呼び方も眉村先生から紗英先生になって、お互いの言葉遣いにも遠慮がない。

クルマを降りてかれこれ一時間ほども歩いていた。敵は、蚊とアブの大群だけではない。いつ起きるか知れない山火事も命に関わるリスクである。それを避ける嗅覚《きゅうかく》は、フィールド調査に精通した紗英にしかない。

「まだ着かないんですかあ、先生」

「貝原さん、そこの小学生、黙らせて」

「食べ物を与えると黙ります——はい」

貝原が振り返って飴《あめ》を差し出した。

「バカにしてんのか、貝原」

といいつつ、飴はもらう。

シベリアの夏は、予想以上に暑かった。足下には下生えが密生し、遠く針葉樹林に囲まれた道だ。この下生えの下にあるのは三百メートルも厚みのある永久凍土である。季節が冬ならば、この辺りは雪と氷に閉ざされ、人を一切寄せ付けない過酷な大地と化す。

重いリュックを背負い、またどれだけ歩いただろうか。ゴールは不意に現れた。

先頭を歩いていた紗英がふと足を止めて前方を見据える。後に続いていた翔が、

「うわっ。なんじゃこりゃ」

思わず叫んだのも無理はない。

それは、あまりにも巨大な窪《くぼ》みであった。

断崖《だんがい》絶壁が直径一キロほどの大きさで丸く切り取られたようになっている。貝原もまた、その偉容に目を奪われたように立ちすくんでいた。

「すげえ」

額に浮かんだ汗を首に巻いたタオルで拭《ぬぐ》いながら、翔が身を乗り出して覗《のぞ》き込んだ。

「これがバタガイカ・クレーター」

紗英は背中のリュックを下ろし、カメラを引っ張り出すと、二度、三度と角度を変えて写真を撮る。

少し落ち着いて辺りを見回すと、少し離れた平地に張られたテントが見えた。おそらく、イワノフ教授の調査チームのものだろう。

雲ひとつない青空の下、その巨大なクレーターはまるで地下世界への入り口のような雰囲気をかもし出していた。人知を超える自然のスケールは見る者を圧倒するほどの迫力だ。

「たしかに、巨大UFOが不時着した跡みたいだな」

その偉容から視線を剝《は》がすことができないまま、貝原がつぶやいた。

「〝地獄への門〟という人もいる。でもどんな言葉も、この景色の前には陳腐に聞こえてしまう」

紗英がじっとクレーターに目を凝らしながらいった。「近くの住人たちも気味悪がってこの辺りには立ち入りたがらない。信仰とか祈りとか、恐れや畏《い》敬《けい》が渾《こん》然《ぜん》一体となって迫ってくるでしょ。何度この場所に立っても、その感覚は変わらないんだ」

「それにしても、暑いな」

翔はじりじりと照りつけるシベリアの太陽を恨めしげに見上げた。七月初めである。気温は三十度もあるだろうか。「これじゃ東京とさして変わらねえじゃねえか。どうなってんだ、まったく」

「温暖化のせいだよ」

リュックの中味を取り出しながら紗英が解説した。「いま、私たちが立っているこの地面の下にある永久凍土がそのせいで溶け、陥没して出来たのがこのクレーターってわけ」

「へえ。陥没してできたのか、これ」

感心したように翔は、眼下に広がる偉容に再び視線を戻した。「で、ここに冷凍マンモスが？」

「溶け出した永久凍土の断面で、かつてここにいた生き物が見つかるんだ」

紗英は手際よく湯を沸かし始める。

「墜落したＵＦＯとか宇宙人の氷漬け死体とか出てきたらおもしろいな」

「翔ちゃんなら探せますよ」貝原がバカにしていったが、翔はまんざらでもなさそうである。

「なら狼男とかはどうだ」

「いますよ、きっと」貝原はつまらなそうにいった。

「じゃあ、雪男は」

貝原がまた何かいおうとしたとき、「それはホントに出るかも知れない」、とこたえたのは紗英だ。冗談とも本気ともつかない口ぶりであった。「もし雪男の正体がネアンデルタール人とかの生き残りなら、この凍土の下から見つかってもおかしくない」

「へえ、そうなんだ」

翔は喜んだ。「見てみたいもんだ」

紗英は淹《い》れたインスタントコーヒーのカップとビスケットを翔と貝原に渡してから、腕時計の時間を確かめた。午後三時に待ち合わせることになっているが、いまはまだ二時半だ。予定より早く到着したことになる。

「並木教授はよくこのバタガイカ・クレーターには足を運ばれるんでしょうか」貝原がきいた。

「先生にとって、ここは庭みたいなものだから。ただ、冷凍マンモスがここだけで見つかるわけでもなくて、たとえばここからもう少し北上したところにあるレナ川も有力なフィールドワークの対象になっている」

「並木教授がウイルス説を唱えるきっかけとなった理由って、何かあるんですか」

　また貝原が問うたとき、

「それは私が説明します」

という外国語訛《なま》りの日本語が聞こえ、三人は同時に振り返った。そこに立っていたのは、東洋人に似た顔立ちの眼光鋭い長身の男だ。ロシア東北連邦大学のイワノフ教授である。

「いまから二十五年ほど前のことですが、この近くの村で原因不明のウイルスによって大勢の人が亡くなったことがあります」

　ひと通りの自己紹介の後、イワノフは続けた。「そのとき現地調査を行った私は、ある村人が感染源らしいことを突き止めました。その男は夏になるとレナ川流域にボートで出かけ、温暖化で地表に現れたマンモスの牙《きば》を探していました」

「マンモスの牙？　そんなの探してどうすんだ」翔がきいた。

「売るんですよ。象牙《ぞうげ》よりずっと高く売れます」

　イワノフはこっそりいいことを教えるような口調でいった。「日本でも象牙のハンコがあるそうですが、同じような理由で、マンモスの牙も高級な素材として売買されているんです。その村人は、発症する一週間ほど前レナ川でマンモスの牙を数本、見つけて大金を得ていました。問題はその牙です。私の聞き込み調査で、彼が探し当てたひとつの牙には、マンモスの皮膚だけでなく、血液らしきものが付着していたことがわかっています。それに触れたために、何らかのウイルスに感染したと考えられます」

「その血液って、いったいいつの血液ですか」と貝原。

「数千年から一万年ほど前のものかも知れません。少なくとも私はそう信じています。人が感染したように、マンモスがウイルスに感染して絶滅したのではないかという仮説が浮かんだのはそのときでした」

　イワノフは続ける。「その男が発掘したマンモスは、おそらくウイルスに感染して死に、雪と氷の大地に閉じ込められたのでしょう。血液が残っていたのは奇跡ですが、同時にそのマンモスを死に追いやった古代のウイルスも生き延びていたとしたら、どうでしょうか」

「感染した村人たちは、どんな症状だったんですか」貝原が真剣な顔できいた。

「ひとによって様々です。錯乱したり、凶暴化したり、あるいは理由も見当たらないのに死を選んだものもいる」

「並木教授が感染したのも――」

　目を見開いた貝原に、

「断定はできませんが、同じウイルスに感染した可能性は十分にあるでしょう」

研究者らしく言葉を選んだイワノフは、厳《おごそ》かに付け加えることを忘れなかった。「これは地球温暖化という人間の業《ごう》に、神が下した罰なのかもしれません」

「前回並木教授と共同でフィールド調査をしたとき、ウイルスに感染するような思い当たるフシはありますか」

貝原の問いに、

「実は冷凍マンモスの一部を発見しました」

イワノフは声を潜めた。「このクレーターの中です。ナミキは一部をサンプリングしてウイルスの採取に成功したといっていましたが、そのとき何かの事情で感染した可能性は否定できません」

「そのときサンプリングされたものはどこに？」

貝原がきくと、イワノフの目が戸惑うように揺れた。

「その後のことは聞いてません。サエは、聞いてるかい」

「いいえ」

硬い表情で紗英はかぶりを振る。

「ナミキは、ウイルスを日本に持ち帰ったはずなんだが……」

「少なくとも私の知る限りでは――」

不可解な話に紗英は困惑を隠しきれない様子だ。

「だったら自分で持ち帰らず、誰かに渡したんじゃないか」

イワノフがいった。「ビジネスだといっていたが」

「ビジネス、ですか」きょとんとした顔で、紗英がきいた。

「ああ。君はその話は聞いてないのか」

問われた紗英は、「いいえ」、と驚いた顔で首を横に振った。

「その相手が誰かも?」と貝原。

「ええ」

腑《ふ》に落ちない表情で紗英は頷《うなず》いた。

「助手の君が知らないということは、まだ具体的な話になってなかったのかも知れない」

イワノフはいい、もうひと言付け加えた。「――あるいは隠すような事情があったとか」

「とりあえず、並木教授の行動について、もっと詳しい情報を知りたいんですが」

貝原がきくと、

「それならイゴールという男にきくといいよ」

イワノフは教えてくれた。「冷凍マンモスのハンターで、ナミキとは親しく付き合っていたからね」

「どこに行けば会えますか」

「夏の間は、バタリタのコテージにいるよ」

「住所を教えていただけませんか」

「もちろん。ただし、一度マンモス探しに出ると一週間ぐらい戻ってこないことがあるから、いまいるかどうかはわからない。直接イゴールと連絡を取れればいいんだが、生憎《あいにく》、私はそれほど親しくなくてね」

　貝原が差し出したノートに、イゴール・アドロフが滞在しているというコテージまでの地図を描いたイワノフは、「じゃあ、私は行くよ」、そう言い残すと再びバタガイカ・クレーターの底へと姿を消したのであった。

「どうも胡散《うさん》臭い話だな」

　その後ろ姿を見て、翔がぽつりとつぶやいた。「並木先生、なにコソコソやってんだろう」

「冷凍マンモスを探すのも、一攫千金《いつかくせんきん》の宝探しと変わりませんね」

　貝原がそんな感想を洩《も》らした。「どうやら一筋縄では行きそうにない」

2

「結局、バカリタに逆戻りか。なんか無駄なことしてねえか、オレたち」

　ぼやく翔に、「イワノフ教授から直接情報を得られたのは収穫ですよ」、貝原は前向きだ。

「採取したウイルスを並木教授は持ち帰ろうとした。その驚くべき証言が事実なら、並木教授が冷凍マンモスを探す過程でウイルスに感染した可能性がぐんと高くなった気がします」

　バタリタの町に戻るまでの道のりを、来るときに乗ってきたUAZ《ワズ》社製のワンボックスで走っていた。カーキ色の車体は、ぬかるみも走破できるように車高を高くしてある。ハンドルを握るのは貝原だ。未舗装の道路はところどころ大きく窪んで、クルマの揺れはハンパない。

「イテッ」

　また翔がピラーに頭をぶつけた。「なんて道だ。貝原なんとかしろ」

「もうすぐ着きますから。ちょっとの辛抱ですよ、翔ちゃん」

　そんなふたりの会話をよそに、紗英は何事か考え込んでいる。

「何か気になることでもありますか、眉村先生」

「結局、並木先生は何をしようとしていたのかなと思って。そもそも、そんな危険なウイルスを国内に持ち込むのは問題あると思うんです」

「そんでもって、自分が感染してりゃ世話ねえな」

　クルマは間もなくしてバタリタの町に入った。イワノフ教授が描いた地図を頼りに行き着いたのは、町外れの古びたコテージだ。

　イゴールという男が所有しているのか、夏の間だけ借りているのかはわからない。

　コテージの前にクルマを停め、先にクルマを降りた紗英が玄関の階段を上ってドアをノックしたが、返事はなかった。

「やっぱり留守か」

　ある程度予想されていたことでもあった。この季節、マンモス目当ての男たちは、フィールドに出ないことには稼ぎにならないからだ。

　紗英がもう一度ノックし、ドアを押すと、意外なことに鍵《かぎ》はかかっていなかった。コテージ内は薄暗く静まりかえっている。

「イゴールさん？」

紗英が呼びかける。ロシア語だ。夏でも低い太陽の光が、無数に舞う埃《ほこり》の粒子をキラキラと映し出していた。人の気配はない。

「ガレージにクルマもありませんね」

貝原が報告した。「待っても無駄かもしれない。いつ戻ってくるのかわからないですし。そもそも泊まりで出かけている可能性もあるんじゃないですか」

「書き置きしておきましょう」

紗英はリュックからノートを取り出して何事か書き付けると、ページを破いてドアの隙間に挟み込んだ。

「メッセージと我々のホテルと電話番号、私の名前を書いておいた。帰ってきたら連絡をくれるでしょう。もし来なかったら、明日《あした》もう一度訪ねてみる。帰国する日までに会えるといいけど」

「そうと決まれば、飯食いに行こうや。腹減って死にそうだぜ」

そんな翔のひと言でその場を後にし、ホテルに向かった。クルマで十五分ほどの距離だ。

西の空に傾いた太陽がシベリアとは思えない強い日差しを放ち、空をオレンジ色に染めている。

各自部屋でシャワーを浴びた後、夕食はホテルの外に食べに出た。

三人で連れ立ち、教えてもらったレストランまで出かけたのは、午後七時過ぎのことである。

バルチカという名前のビールを喉《のど》に流し込み、ニシンの酢漬けとボルシチ、ロシア風の水餃子《ギョーザ》

に肉の串《くし》焼きをオーダーしたものの、

「昨日の晩めしと、あんまり代わり映えしねえな」

ため息交じりに翔がいった。場所は変わっても、料理は変わらない。田舎町の宿命みたいなものである。豊富なワインを取りそろえた洒落《しゃれ》たフレンチやイタリアンがあるわけでもない。

レストランは地元の人で混んでいて、料理はなかなか運ばれてこなかった。おかげで、話す時間だけはたっぷりある。話題は、この日出かけたバタガイカ・クレーターとイワノフ教授の印象、地球温暖化の影響や、マンモス絶滅説からＵＦＯ、雪男まで広範に及んだ。難しい専門分野になってくるとほとんど紗英がしゃべり、貝原が聞き役に回る。そういうときの翔はというと会話に入れず、ひたすらウォッカばかり呑《の》んで時間を潰《つぶ》すのだ。

「結局さ、並木教授について紗英先生も知らないことがたくさんあるってことだよな」

ひと通りの話のあと翔がいうと、紗英は少し考え、「まあ、そうかも」、とつぶやいた。負けを認めるかのような口調である。

「並木先生ってのはさ、結構野心家なんじゃね？」

紗英は続く翔のひと言を咀嚼《そしゃく》して、何事か考え、「たしかに、そういうとこ、あるかな」。この頃になると紗英もほろ酔いで、いちいち反論する気にもなれなかったのかも知れない。

「あと、カネに困っているとか」

「翔ちゃん、それは言い過ぎですよ」

貝原にたしなめられたものの、そうかな、と翔なりに考えを巡らせる。

「並木先生はグリーンアスパラをクビになったおかげで企業からの献金がなくなったわけだろ。そうなりゃ、貝原だって焦るだろ」

「私は貧乏に慣れてますから」

「そういう問題か」

「武藤くんのいってることは、当たらずといえども遠からずかも」

紗英は、何本目かのビール瓶《びん》を手にしたまま、賑《にぎ》やかな店内を虚《うつ》ろに眺めやった。

「並木先生にとってフィールドワークは重要な研究活動の一環だった。何度もこの地を訪れて、イワノフ教授と懇意になって信頼関係を築けたのも、それを支えられるだけの経済的なバックグラウンドがあったからだと思う。大学から支給される研究費だけでは到底賄《まかな》い切れないから」

「これは私の想像ですが」

ひと言断って貝原がいった。「高西大臣はグリーンアスパラの体制見直しを検討していたのかも知れません。グリーンアスパラは日本の環境問題をリードしてきた存在ですが、見方によっては目新しさに欠ける。環境大臣としてそれを変えることで存在感を示したかったのかも知れません」

「くだらねえな」

翔があくびをしながらいった。「だいたい政治家ってのは、前任者がやったことを否定してみせるよね。否定することで、自分の方がもっと上だって思わせたいだけだろ。必要もないのにやり替えたところで、時間と労力の無駄ってもんだぜ」

　これには、貝原も反論しなかった。

　どこかの国の政治家を例に出すまでもなく、前任者の政策を徹底的に否定することで、自らの存在感を示す――そんな一面的な自己主張がまかり通ることは少なからずあるからだ。もちろん、一方でそれに喝采《かっさい》する国民もいる。

「高西のオババの野心に並木センセも乗ろうと思ったかもね」

　酔っ払ってはいるが、翔の直感はなかなか鋭いところを突いているのかも知れなかった。「グリーンアスパラから追い出されたからこそ、新しいグリーンアスパラでは主流になれるってこともあるんじゃね？　それってさ、権力争いじゃん」

「否定できないところが悲しいな」

　紗英は漠《ばく》としてこたえ、呑みすぎたのか、こめかみの辺りを揉《も》んでいる。

「とりあえず、今日はこれでお開きにしましょう」

　貝原がいって立ち上がったのは午後十一時過ぎであった。

　星は出ていてかすかな明かりもあるが、町は薄暗く、不快なほど湿度が高かった。土の匂いが鼻孔を衝《つ》き、生温《なまぬる》い風が首筋を撫《な》でていく。

　傍《かたわ》らに日用品を売る店があり、それを過ぎるとがらんとした空き地の前に差し掛かった。暗闇の中で何者かの気配が動いたのは、そのときである。数人の人影がパラパラと闇から切り出され、翔たちを囲むように行く手を塞《ふさ》いだ。黒い覆面をかぶった男たちだ。三人いる。

「しょ、翔ちゃん——！」

危険を察知した貝原が、硬い声を上げて立ち止まった。

先頭の男が、ロシア語で何事か叫んだ。

「なんていったんだ、先生」

背後にいる紗英にきく。

「さっさと日本に帰れって」

「こいつら何者だ」

紗英がロシア語で相手に語りかけた。

返事はない。

「ロシア政府の手先じゃないでしょうか」

そういったのは貝原だ。「過去のウイルス事件を隠蔽《いんぺい》したいのかも」

「けっ、国家のメンツかよ——おっ、やべえな」

翔の前にいる男の手が一閃《いっせん》し、ナイフの刃が闇の中で鈍い光を放った。

「しょ、翔ちゃん、どうしましょう！」

貝原が引きつった声を上げたとき、翔が耳にしたのは、鋭く空気を切る音だ。

翔の前にいる男が絶叫とともに背後にもんどり打った。鼻の辺りを押さえ、地面で呻《うめ》いている。

何が起きたかはわからない翔の前に、男に当たって跳ね返ったこぶし大の石が乾いた音をたてて転がるのが見えた。

影がひとつ、闇から躍り出た。残るふたりが、たちまちのうちに地面にたたきつけられたのはあっという間だ。

気づいたときには、黒ずくめの男が、翔たちの前に立って暴漢どもを見下ろしていた。

「に、新田のオヤジ？」

その姿を見て翔が驚きの声を上げた。「どうしてここに」

「説明は後です、翔ちゃん」

新田は落ちていたナイフを拾い上げると、ひとりの男のマスクをむしり取った。

三十代半ばだろうか。特徴的な顔の男だった。頰骨《ほおぼね》が張り、額が張り出したひょっとこ面《づら》である。

「日本人——？」

目にしたものが信じられない思いで翔がつぶやいたとき、手負いの男たちは慌ただしく立ち上がるや、その場から退散していった。

「追わなくていいのか、新田のオヤジ」

連中の後ろ姿に鋭い眼光を送っていた新田は、静かに息をしていた。

「奴らを甘くみない方がいいですね、翔ちゃん」

それから背後を振り返り、「すぐにホテルに戻りましょう。クルマで送ります。その方が安全だ」、そういって歩き出す。

見れば少し離れた場所に駐車している古い四輪駆動車があった。ロシア製だろう。日本では見たことのない車種だ。「さあ、早く」

翔たちを乗せた新田は道路をＵターンし、ホテルまでの迂回路《うかいろ》を取った。

「何者なんだ、あいつら」

助手席に乗った翔が問うと、「イゴール・アドロフと、奴の家に出入りしている連中です。あのロシア語を話していたのがおそらくイゴールでしょう」、という返事があって、翔を驚かせた。

「なんだって。イゴールはマンモスを探しに出てたんじゃないのかよ」

「いいえ。奴はコテージにいて、翔ちゃんたちの動きを見ていたんです。あの日本人と一緒に」

そう答えた新田に、

「なんでイゴールのこと、知ってるんだ」

と翔はきいた。「イワノフ教授に聞いたのか」

「イゴールは、全くの別ルートで捜査線上に浮かんできた男なのです。おそらく奴は、テロ集団と結びついています」

「テロ集団と？」

意外な話に、翔は思わず繰り返した。「どういうことだ」

「話せば長いことながら。いまから一年ほど前、翔ちゃんと武藤総理を狙ったテロがありました。覚えていらっしゃいますか」

「忘れるわけねえだろう。あのときはひどい目に遭《あ》ったぜ」

翔は鼻に皺《しわ》を寄せた。

「あのテロリストの残党が、活動を再開したという情報がつい先日、ＣＩＡからの極秘ルートでもたらされました。彼らは活動拠点を極東におき、都度日本との間を往復していると。そのグループには日本人が混じっているという情報があり、急遽《きゅうきょ》私が素性を確認しに来たというわけです。さっきの日本人の顔には憶《おぼ》えがあります。沖田《おきた》重綱《しげつな》という自称アナーキストで、以前から目をつけていた男です」

「いつからここに？」

　貝原がきいた。

「一昨日《おととい》からです。イゴールの家を見張っていたところ、いきなり翔ちゃんたちが現れたのには、さすがに驚きましたが」

　イゴールに辿《たど》り着いた経緯《いきさつ》を簡潔に説明した貝原は、

「そのＣＩＡの情報には、並木教授のことは含まれていなかったんですか」

　そうきいた。

「イゴールのコテージに出入りしていることは含まれていました。イゴールは並木教授のガイドを務めていて、親しくしていたようです。ただ並木教授が、イゴールの素性を知っていたかとなると、それはわかりません」

「テロリストがウイルスに関わっているとすれば、これは事故ではなくて事件ですよ、新田刑事」

　貝原の指摘に、重たい沈黙が落ちた。やがて、

「現段階では事実は何ひとつ明らかになっていません」

　冷静な口調で新田がいった。

「とにかく、こうなった以上、皆さんがここにいては危ない。明日の朝一番の飛行機で、私と一緒にこの町を離れていただきます。ロシア側に知られないうちに。いいですね」

もはや異論を差し挟む余地はなかった。かくして事態は、思いがけない方向へと転がり始めたのである。

3

「テロリストの残党？」

報告を受けた泰山は、しばし唖然《あぜん》とした表情で新田を見つめた。「奴らがウイルスに関わっていると？」

翔たちがバタリタから帰国した翌日のことである。

「その可能性がある、ということしか現段階では申し上げられません」

新田は、バタリタで翔たちを助けるに至るまでの経緯を詳《つまび》らかにした。

「しかし、泰さん。これはエライことですよ」

狩屋は真剣な顔になる。「もしテロリストがウイルスを手に入れたら、どんな感染対策をしたところで意味がありません。日本が、いや世界が大混乱に陥るでしょう」

「落ち着け、カリヤン。まだそうだと決まったわけではない」

泰山は冷静に思考を巡らせる。「新田君、そのテロリストたちの中に日本人がいたといったな。何者なんだ」

「沖田重綱という自称アナーキストです。精神的指導者を気取って、崇拝する連中からの上納金で食いつないでいるような男ですが、今回のような襲撃事件を起こしたのは意外でした。イゴールから、新たなミッションに誘われた可能性があります」

「どこかでイゴールと沖田が結びついた、と……」

誰にともなく泰山がつぶやいたとき、

「東京感染研究所の根尻先生がいらっしゃいました」

という案内とともに、白髪を靡《なび》かせた根尻が足早に入室してきた。

「総理。まもなく正式な報告が官邸にも上がると思いますが、新たな集団感染が起きました」

「どこで──」

ふいに緊張感を漂わせ、泰山はきいた。

「新宿駅構内にある喫茶店です。朝従業員が出勤すると、先に来ていた店長が暴れていたそうです。すぐに警察と救急隊員が駆けつけ、近くの病院に運び込まれました。が、その後、同店で働く複数の店員と客、十二人の感染が確認されました。感染者は他にも広がっていると思いますが、駅という立地を考えると、追跡は難しいかと。我々が予想していた以上に、市中感染が拡大していると考えられます」

泰山は唇を噛《か》んだ。

「マズイですね、泰さん」

根尻は続ける。

「この状況では、あっと言う間に感染者数は増えていくでしょう。いま全国の感染者は、毎日千人程度ですが、これが数千人にまで増えるのに二週間もかからないかも知れない」

「どうすればいいですか、先生」

「緊急事態宣言を発出するときです、総理」

根尻は迫った。「不特定多数が密になる飲食店を閉鎖し、仕事は極力自宅勤務を推奨いたします。学校は原則休校、映画、演劇、漫才にライブ、パチンコに雀《ジャン》荘、ゲーセンみんなダメ。不要不急の外出は禁止、手洗いとマスクは必須《ひっす》。人とは二メートル以上の距離を置き、通気性をよくしてください」

「それでは人が死ぬ前に経済が死にます」

抗弁した狩屋に、

「経済と人とどっちが大切なんです！」

根尻が一喝した。「生きてることが重要なのだ。そして医療を守ることこそ、我々が唯一、生きる道なんです」

「困りましたね、泰さん」

根尻の剣幕に、狩屋が困った顔になる。「どうします」

「どこまで実現できるかわかりませんが、前向きに検討いたします」

「そんな生温《なまぬる》いことではダメだ！　国民を守りたくないんですか、総理」

根尻は妥協を許さぬ口調で泰山に迫った。「もし、経済優先でウイルスの感染拡大を許すというのなら、この根尻の屍《しかばね》を乗り越えて行くがよい」

「先生、なにもそこまでおっしゃらなくても」

困った泰山に、「だまらっしゃい！」、根尻は頬を震わせ、「従わなければ、終末の禍《わざわい》が世を覆うだろう」、という預言者のような不吉な言葉を残してその場を去っていった。

「あらら。行っちゃいましたよ」

根尻の背中が消えるのを見届けた狩屋は、困った顔を泰山に向けた。

「緊急事態宣言もやむを得ずか」

ひとりごちた泰山を、

「いけませんよ、先生。早すぎます」

貝原が止めた。「現状では国民の理解が得られるとは思えません。いずれにせよ、いまの法律では私権を制限するような強制力のあるものは出せませんし、自粛のお願いがせいぜいです。中途半端なまま感染も止まらないという虻蜂《あぶはち》取らずになるかも知れません」

「そうですよ、泰さん。強行策はよしといた方がいいんじゃないですか」

板挟みになった泰山は唸《うな》り、しばし瞑目《めいもく》する。

どれだけそうしていたか——。

「根尻先生は専門家だ。感染初期のいまの段階だからこそ、やる意味があるんじゃねえか。ウイルスがまん延して誰もが危機感を抱くようになってからでは遅いだろう」

狩屋も貝原も息を呑み、反論の言葉を探すのだが、即決即断、泰山の意思はすでに固まっていた。

「ただし、全て自粛ではなく、我々なりのアレンジをしたい」

「といいますと？」

問うた狩屋に、泰山は思いつくままに施策を口にした。

「学校はオンライン授業に移行するよう、文科省と詰めてほしい。生徒にはひとり一台、パソコンを支給したい」

「でも予算が――」

いいかけた貝原を、「臨時国会を召集する」、泰山は遮《さえぎ》った。「そこで補正予算を編成したい。それと、学校は休みでも学校給食は継続して出す」

「休みなのに、ですか」狩屋がきいた。

「貧困家庭のことを考えてみろ。子供の昼ごはんさえ満足に作ってやれない家庭がたくさんあるんだ。そういう人たちのために、給食は出す。全員分だ。それと――」

泰山は続ける。「飲食店には営業時間短縮を要請する。それで影響を受けるすべての事業者には、原則去年の売り上げの七割を補償する。従業員全員のＰＣＲ検査と通気性の確保、客同士の間隔を空けるよう配慮している店については営業時間の短縮要請はしない。そのために認定シールを発行する。他にもあるだろうが、ポイントを押さえたものにしたい。あとのことは、様子をみながら適宜、対応する」

メモを取っていた貝原の表情が引き締まってきた。「国民の反発はあるだろう。それでも、感染が拡大して手に負えなくなるよりはマシだ。カリヤン――」

狩屋を鋭く振り向いた泰山は、ねじ込むような口調でいった。「いまいったことを含めて緊急事態宣言の発出を準備したい。すぐに関係閣僚を集めて協議だ。日本を守れるのはオレしかいない。このオレが人気取りに堕《だ》すれば、多くの国民の人生を狂わすことになる。オレは、人気よりも実《じつ》をとる」

泰山の勢いに、もはや貝原も唇を噛んで言葉を飲んでいる。

「いま取るべき最善最速の政策で難局を突破するぞ」

こうと決めたらテコでも動かぬ決意だ。

――武藤総理、緊急事態宣言を検討。

マスコミが一斉に報じたのは、その日夕方のことであった。

4

あらかた予想はしていたことだが、反発する声はあちこちから上がり始めた。平原のあちらこちらで上る野焼きの煙のごとくである。

中でも最も手強《てごわ》いのは他ならぬ泰山の後ろ盾、城山であった。

「おい、泰山。いるか」

そんなひと言とともに、ずかずかと執務室に入ってきたのは、新聞各紙が緊急事態宣言の内容をトップで報じた日のことであった。

「ああ、これはこれは」

ちょうど泰山と打ち合わせをしていた狩屋の出迎えなど無視すると、苦虫をかみつぶしたような顔でどっかとソファに体を埋《うず》める。

　長年の付き合いだから不機嫌なのは、きかなくてもわかった。

「どうしました、オヤジ」

　知らぬふりをして泰山が切り出すと、

「どうしたもこうしたもあるか、泰山。お前、本当にやるつもりか」

　スーツの内ポケットに挿《さ》していた扇を開いて、バタバタと扇《あお》ぎ始めた。

「やるとは？」

　しらばくれた泰山に、「緊急事態宣言に決まっとるだろう」、とついに城山はひげを震わせた。かと思うと眉《まゆ》をハの字に下げて扇で口元を覆い、

「『ファントム』のエリが店開けられなくなるって困ってるんだよ。頼むよ、泰ちゃん」

　泣き落としにかかる。

「別に全面的に閉めろとはいってませんが」

　泰山は少々興ざめしていった。「通気性を確保して、マスクして、客とソーシャル・ディスタンスを取れば営業してもいいといってるじゃないですか」

「本気でいっとるのか、泰山」

　城山は大げさにのけぞってみせた。「銀座《ぎんざ》のクラブでソーシャル・ディスタンスなんてアホな話あるか。そんなことしたら客なんか来るわけねえだろう。エリからも、なんとかしてくれって

頼まれてんだよ」

「売り上げに応じて補償するっていってるじゃないですか」

営業補償は、泰山が緊急事態宣言に盛り込んだ施策のひとつである。

「大きな声ではいえないがな」

城山は声を潜めた。「店の売り上げをちょこっとゴマ化してんだよ。七割の補償じゃあ、赤字だ。どうせやるならもうひと声なんとかならんか、泰山」

「ゴマ化す方が悪いんじゃないですか。そうやってカネ貯めてきたんでしょうから、別にかまわんでしょう」

「そんな固いこといわないでさ、オレの顔を立てて、緊急事態宣言なんてヤボなことはやめようよ、泰ちゃん。な、この通りだ」

泰山には、城山の腹の中は見え透いていた。馴染《なじ》みの女のせいにしているが、要は城山本人がクラブ通いしたいだけのことである。

「いくらオヤジの頼みでも、今回ばかりはいけません。ダメです」

きっぱりというと、

「そんなことをいうな、泰山。今度、コレ紹介するから。いいのを見つけといたんだ」

と小指を立てる。

「ダメといったらダメです」

突き放した途端、手のひらを返したように城山は憤然とした。

「お前がそんな薄情なヤツだとは思わなんだぞ、泰山。銀座の火を消すつもりか」

城山にとって銀座が大事なのは、陰の実力者としてもう何十年もクラブを舞台に、政局の糸を引いてきた経緯があるからだ。

「私だって、こんなことしたくありませんよ。なあ、カリヤン」

「あっ、お前。『エリーゼ』のアンナとはその後どうなった」

城山はすぐさま、狩屋の弱点を突いた。

「おかげさまでまだ仲良くさせていただいてます」

狩屋がでれっとした笑いを浮かべると、「何がおかげさまだ」、と城山は不機嫌にいって背筋を伸ばした。

「冗談はさておき、だ。まだ感染が広がってない段階で、なんで緊急事態宣言なんぞ必要なんだ。これじゃあ民意がついてこんのだ、民意が」

「いまだから効果があるんですよ、オヤジ」

泰山は粘り強くいった。「増えてからでは、遅すぎます」

「そんなわけがあるか」

城山は聞く耳持たない。「党内でも、時期尚早《しょうそう》という意見が少なくないのに、お前の独断で進めようっていうのか。いつからお前はヒトラーになった。このままでは我が民政党は、次の選挙で下野《げや》することになるやもしれん」

派閥の領袖《りょうしゅう》だけあって舌鋒《ぜっぽう》には遠慮のカケラもない。各業界の票をとりまとめるのに余人をもって代えがたいとは思うものの、一方で城山は困った老人でもあった。頭が古すぎて、状況についてこられない。

「これはウイルスとの戦いなんです。人間とウイルスの知恵比べなんですよ」

なおも泰山は辛抱強くいった。

「飲食店もダメ、映画館もダメ、芝居もダメ、外出もダメ、旅行もダメ――そんな宣言を発出したら、一億総ゆでガエルだ。それでもいいのか、泰山」

「そうはさせません」

泰山は決意を秘めた目で城山を見据えた。「オヤジ、ここはひとつ我慢をお願いします」

「いやだいやだ」

城山はダダをこねる子供のようであった。「オレはもう歳だから、我慢はしたくないの。わかる？　オレにとってこんなの百害あって一利なしなんだ。早く引っ込めろ」

結局、城山が考えているのは、自分のことだけだ。泰山はだんだんバカバカしくなってきた。

「いいえ、こればかりはいけません」

押し問答である。

「緊急事態宣言なんぞ出さなくても、たいていの国民は、手を洗ってうがいして、マスクして歩いてるじゃないか。感染者が減らないのは、好き放題遊び呆《ほう》けている十万人に何人かのバカのせいだ。どうせ取り締まるなら、そいつらを取り締まれ。そんなバカのために日本全国に我慢を強《し》いるのか、ふざけるな」

城山はキレた。「緊急事態宣言なんぞ出せば、我々の支持基盤にだってヒビが入るかもしれん。そうなれば我々は議員バッジ返上だ。オレも、お前も。カリヤン、お前もだぞ」

城山は泰山と狩屋の鼻先に人差し指を突きつけた。「サルは木から落ちてもサルだが、議員は落ちたらただの人。お前らなんか、ただの人以下じゃねえか」

「た、泰さん――」

隣で狩屋が青ざめた。城山は一歩も引かぬ体《てい》で、山のごとく動かず、泰山をにらみ付けている。

だが、泰山も引かなかった。

官邸執務室で壮絶なにらめっこが続き、いったいどれだけそうしていたか、

「この石頭め！」

そう言い放つと、城山はついに根負けして席を蹴《け》ったのである。

「泰さん――」

その背中を見送った狩屋がほっとしていった。「許しが出ましたね」

長く城山と付き合ってきた泰山や狩屋にしかわからない、間合いのようなものである。

「怒っているようで怒っていない。認めてないようで認めている。相変わらずオヤジの腹芸には苦労させられる。だが――これで機は熟した」

ついに緊急事態宣言が発出されたのは、その数日後のことであった。

第四章　ポピュリストたちの宴

1

満席の会見場に現れた小中寿太郎は、どういうわけか浴衣《ゆかた》姿であった。

素足に下駄《げた》履《ば》き、オビにはご丁寧にウチワまで挿《さ》している。

「なに考えてるんだ、小中のやつは」

この日の緊急事態宣言の発出を受け、小中東京都知事の緊急記者会見が行われたのは、午後六時。なにかと内閣に敵対的な行動をとってきた小中のことだ。ここで政府の対策にどんなイチャモンをつけるのか、注目してテレビを見ているところである。

「そろそろ盆踊りの季節ですからね」

能天気にいいかけた貝原であったが、泰山のコワい顔を見て何事もなかったかのように後の言葉を引っ込めた。

記者会見場には、いつもあるテーブルもなければ椅子もない。あるのは、笹《ささ》の葉と小川を描いた背景のパネルのみである。

「皆さん、ついに政府が緊急事態宣言なるものを発出しよりました」

いつものパイプをマイクに持ち替えた小中は明らかに何かを企《たくら》んでいそうであった。「さして感染者数も出ていないのに何考えとんねん。国政史上に残る拙速ですわ。こんなウイルス対策に従えといわれても、困りますなあ。アホか、やってられるか——そうお思いになっていらっしゃる方、大勢いらっしゃいますね？　そこで東京都は、国とは違う新たな切り口で、ウイルス対策を打ち出したい思いますねん」

狩屋が首を傾げる。

「いったい、ウイルスとこのコスプレとどういう関係があるんですかね」

「満を持して東京都が放つ、ウイルス対策はこれ——東京ウイルス音頭《おんど》！」

ドテッとずっこける音とともに、泰山が椅子から転げ落ちた。

狩屋はかろうじて肘《ひじ》掛けを摑《つか》んでとどまっていたが、あんぐりと開いたまま口を閉じるのを忘れているようである。

お囃《はやし》が流れ出した。

「さあ、みなさんご一緒に！」

浴衣を着た都庁職員らしき人間たちが現れ、画面の中をぐるぐる回り始める。

「目眩《めまい》がしてきたぞ、カリヤン」

貝原の手を借りて椅子によじ登った泰山は、青息吐息であった。「なんでこれがウイルス対策なんだ、貝原」

「私にきかれましても」

貝原が閉口したとき、輪の中から抜け出して小中が意図を話し出した。

「夏だっちゅうのに、緊急事態宣言で盆踊りもできません。そこで、自宅でできる盆踊りを作ってみました。どうぞ、ご家族で踊ってください。東京都のウイルス対策は、ひと味違いまっせ」

「違いすぎだろ、バカ。こんなもん、何の対策にもなってないだろうが」

吐き捨てた泰山だが、ふと気になって貝原にきいた。「世間の評判はどうだ」

「上々です、先生」

ネットを検索したらしい貝原の返答に、再び泰山は椅子からずり落ちそうになる。

「いったい、どうなってるんだ」

「貝原くん、それ本当なの？」

狩屋も信じられないとばかり、首をひねった。

「国民は、こういう娯楽を求めていますから」

「娯楽じゃねえだろ！」

泰山は滅法《めっぽう》呆《あき》れたが、それだけではなかった。盆踊りが終わると、再び小中は続ける。

「これだけやありません。東京都では、ウイルス文学賞を創設します。ジャンルは、川柳と俳句、歌謡曲、小説で、スマホでも応募できますよ。審査員はもちろんこの私、小中寿太郎でございます。巣ごもりで手持ち無沙汰《ぶさた》になった皆さん、そんな皆さんに、東京都は全力で寄り添います。ふるってご応募ください。将来の文豪は、あんたや！」

ふとっちょの指先を画面につきつけたところで、ついに力尽きた狩屋がテレビのスイッチを切った。

「頭がヘンになりそうです、泰さん」

「小中の野郎、ウイルス対策といいながら、パフォーマンスで人気取りしてるだけじゃねえか。やってるように見せかけて、実はなにもやっていない。まやかしの大衆迎合だ」

「だけど、ウケてます」

なおもソーシャル・メディアをチェックしていた貝原だが、泰山の唸《うな》り声を聞いてそそくさとスマホをポケットにしまいこんだ。

「マズイですよ、泰さん」

狩屋が危機感をあらわにした。「いくら緊急事態宣言を出したところで、東京都がこの有り様では必ず綻《ほころ》びが出ます」

「くそったれが」

毒づいた泰山は、どうしたものかと思案する。だが、小中のあまりの脱線ぶりに、妙案などすぐに浮かぶはずもなかった。

2

「おい、翔。呑《の》みに来ねえか」

大学時代の遊び仲間、マキハラから電話がかかってきたのは、午後九時過ぎのことであった。

どこかの店からだろう。電話の向こうで喧噪《けんそう》が聞こえている。

「これからかよ。明日《あした》、仕事なんだけどなあ」

「どうせリモートだろうが。オレもだけどさ」

マキハラの就職先は、親のコネでもぐり込んだ自動車部品メーカーだ。

泰山が出した緊急事態宣言により、多くの会社の通勤が自粛され、リモートワークになった。翔が勤めるアグリシステムも例外ではなく、パソコン一台を持たされての自宅作業に切り替わっている。

「それはいいけどさ、お前らウイルス大丈夫なのかよ。オレは大丈夫だけどさ」

快復した翔には抗体があるからだ。

「お前のオヤジには悪いけど、あんなの関係ねえわ」

マキハラはせせら笑った。「若者が感染してもほとんど無症状らしいじゃないか。お前だってそうだったろう」

「まあな」

いままでの検査で感染が認められたうち、二十代で発症したものはゼロだという話は今朝のワイドショーでもやっていた。

「つまりオレらは関係ねえってことよ。誰も気にしてねえぜ」

マキハラはいとも簡単にいってのけたものの、実際に発症の恐怖にさらされた翔にしてみれば「はいそうですか」ともいいづらい。

「いままではそうだったかも知れないけど、これからはわかんねえぜ」

「お前、いつからそんな弱気になったんだよ。笑っちまうぜ」

マキハラにいわれて、

「他に誰が来るんだ」

仕方なしに翔はきいた。

「タケシ、ヤマ、シンジに真衣《まい》とエリカ。エリカはパリから一時帰国してるんだ。もうみんな来てるぜ」

「エリカもいるのか」

エリカは学内きっての美女で、フランスの銀行に勤めている。もう少し付け加えるなら、泰山のライバル、憲民党の党首、蔵本志郎の娘でもある。

「店はどこだ」

「道玄坂上《どうげんざかうえ》の『マルゴー』。真衣の新しい店だ」

南《みなみ》真衣は女子大生起業家として知られている女友達であった。六本木《ろっぽんぎ》に店を持っていたが、羽振り良く新しい店舗を出したらしい。

店は近かった。松濤《しょうとう》の自宅からなら徒歩十五分もかからない。

「わかった。待ってろや」

そういうと翔はTシャツにジーンズという格好で家を飛び出したのであった。

ドアを開けた瞬間、耳を突くほどの喧噪が翔を包み込んだ。外見からはちょっと想像のできない大箱の店で、壁際を四人掛けのソファとテーブルが囲み、一段下がったその内側のフロアには、四人がけのテーブル席が所狭しと置かれている。

ほぼ満杯だ。

入り口で見回していると、いち早く翔の姿を見つけたマキハラが手招きしているのが見えた。翔の遊び仲間たちは奥の一等席に陣取り、テーブルの上にはウイスキーのボトルやジョッキ、カクテルグラスが所狭しと並べられている。いつから呑んでいるのか知らないが、相当アルコールが回っていそうだ。

「翔、何呑む。ジンか？　ハイボール？」

マキハラにきかれ、

「ハイボール。ハイランド地方のスコッチで頼む」

ちょうど近くを通りかかった店員を呼び止めてオーダーした翔は、半ば呆れ顔で店内を見回した。

「ここはウイルスなんか関係なしだな。真衣は営業自粛しないのか」

「そんなことしたら潰《つぶ》れるよ」

真衣は有無を言わせぬひと言を発した。ソファの端に座りながら、オーナーらしく店内に目を光らせている。

「当たり前だろ。あんなウイルスさ、大して流行もしていないし、大丈夫大丈夫」

マキハラは、ひらひらと顔の前で手を振ってみせた。

「最近は君、お父さんの言うこと聞くようになったんだね」

嫌みな口調でいったのはエリカだ。美人だが性格の悪さは相変わらずらしい。

「別にオヤジの言うことを聞いてるわけじゃねえよ。オレ、この前そのウイルスに感染したんだ」

マキハラには話してある。当然みんな知ってるかと思いきや、エリカはあからさまに身を引いた。周りの友人らも同様である。

「大丈夫だよ、もうなんともないし。ウイルスはいなくなった」

「いったい何したんだよ、翔」

疑わしげにタケシがいった。「お前のことだ、なにか悪さしたんだろ」

「何もしてねえよ。ただ、上司に言われて京成大の並木先生んとこに届け物しただけだ。そんとき並木先生が発症してオレに襲いかかってきた。ガオッてな。狼男みたいだったぜ」

ガオッのところで両手を広げてみせると、全員が驚いて体をのけぞらせ、わけもなくケタケタ笑い始める。

「それで会社休んでたんだよな」

事情を知っているマキハラがいった。「シベリアはどうだった？」

「えっ、シベリア？　なんで？」

何人かが声を揃えたのを機に、得意になって翔は語り出す。

発症した並木教授がシベリアでウイルス感染した可能性が高いこと。その感染源を探るためにイワノフ教授を訪ね、さらに並木と懇意にしていたというガイドとそのテロ仲間に襲われたことまで、おもしろおかしく話して聞かせる。

「じゃあ、マドンナ・ウイルスは冷凍マンモスに宿っていたウイルスだったってことなのか。出回ってる話と違うな」

興味津々の目をしてシンジがきいた。長身細身の男で、学生時代に結成したバンドでいまだプロを目指している。

「出回ってる話ってなんだ」

翔がきくと、「なんだお前、知らないのか」、とシンジは呆れ顔をしてみせた。

「マドンナ・ウイルスは、政府の秘密機関の政治工作だって話だ。最初に高西って大臣ひとりを標的にしたはずだったが、その後一般市民相手の人体実験に切り替わったらしい。だから、この感染は大きくは広がらない。実験結果が出れば、収まるだろうというのが、大方の見方だ」

「秘密機関ってなんだ。そんな話、聞いたことがねえぞ」

「そりゃ、灯台もと暗しってやつだな」

シンジは意味ありげにいった。「オヤジにきいてみろや」

「ウチのオヤジがそんなこと――」

「陰謀論だよ」

エリカが翔を遮《さえぎ》った。その目に浮かべた侮蔑《ぶべつ》の色を隠そうともしない。「やめなよ、シンジも。そんなくだらない話」

「エリカのオヤジさんも一枚噛《か》んでたりしてな」

「ふざけんな」

シンジの揶揄《やゆ》に翔はムッとなって、険悪なムードになりかけたものの、

「まあまあ、それよかシベリアの話もっと聞かせろや」

マキハラの取りなしで、話は元に戻っていく。

「それで結局、襲ってきた連中の脅しに負けて、シベリアから尻尾《しっぽ》巻いて逃げてきたわけか」

エリカにいわれ、

「別に逃げてきたわけじゃねえよ」

翔は反論した。「余計な面倒に関わりたくなかっただけだ。でもま、シベリアくんだりまで行ったただけの収穫はあったからな」

「そのこと、オヤジさんは発表しないのかよ」

マキハラに聞かれ、「さあな」、と翔は首を傾げてみせる。

「やっぱ、陰謀だな」

蒸し返そうとしたシンジを、翔は無視した。

「まあ証拠があるわけじゃねえし、国としては発表出来ないんじゃねえの。いわゆる外交問題ってやつになるかも知れないしさ」

帰りの飛行機で貝原から聞いた話の受け売りである。

「じゃあナニか？　オレらは国家機密を知ってるようなもんだな。乾杯するか」

意味も無くマキハラはグラスを掲げた。

仲間たちにつき合いながら、そういえば、紗英先生はどうしたかな——ふとそんなことを考えたのはこのときであった。

シベリアから戻った後、眉村紗英とは会っていない。貝原からも、連絡はないままだ。

だが、並木教授の行動のウラには何かある、という確信のようなものが、翔にはあった。

ハイボールのグラスを立て続けに二杯空にしてからマティーニに変える。ミックスナッツをつまみながらジンの香りを嗅《か》いでいると、次第に酔いが回ってくるのがわかった。

午前零時を回る頃、店内はますます騒がしくなった。嬌声《きょうせい》に怒鳴るように話す声が折り重なり、隣で話す声すら聞き取りづらくなる。

緊急事態宣言など、どこの国の話かと思えるほどだ。

——いまいち盛り上がれねえな。そろそろ引き上げるか。

一向に引き上げる気配のない仲間たちを眺めながら、そんなことを考えていた翔が、ふとある男に気づいたのはそのときであった。

そのテーブルは、ちょうど翔たちがいる壁とは反対側の方にあった。一段下がったフロアの片隅にふたりの黒っぽい服を着た男がロックグラスを前にして呑んでいる。ちょうどピカソのレプリカの下あたりだ。

「あいつは――」

バタリタで翔たちを襲ってきた、ひょっとこ面《づら》の日本人、沖田だった。その向かいに座っている黒いTシャツを着た目つきの鋭い男は初めて見る。

いつからあのテーブルにいるのだろう。

「なあ、真衣。そっと見て欲しいんだけど、反対側の壁近くのテーブルでふたりで呑んでる男たち、常連か。ひょっとこ面の男ともうひとり」

体を起こした真衣がそれとなく視線を巡らせ、

「初めて見る客だけど。どうかした？」

オレのことを追ってきたのだろうか。だとすればどうやって――。

「あのひょっとこ面。シベリアでオレらを襲った男だ」

「マジか。どこだ」マキハラが色めきたった。

「向こうの、ちょうど絵の下にあるテーブルだ」

翔がそっと視線で教えた。「オレのこと、尾《つ》けてきたのかも知れない」

「ちょっくら名刺代わりに挨拶《あいさつ》してくっか」

男たちのテーブルに抜け目なく視線を向けながら、マキハラがいった。マキハラはただのアホだが、合気道二段でケンカとなると滅法強く、こうした店でたまに出くわす修羅《しゅら》場《ば》で助けられたことは一度や二度ではない。

沖田がこちらを見た。

一瞬目が合ったと思ったが、視線は何事もなく通り過ぎていった。気のせいだったかも知れない。

「オレ、帰るわ。迷惑かけたくないからさ」

ポケットから一万円札を一枚取り出して真衣に渡した。

「大丈夫なの、翔」

「まあ、なんとかなるだろ」

翔は笑ってみせた。「このヘンは、オレの庭だしな」

「あんまり強がらない方がいいんじゃない?」

エリカの言葉を無視して立ち上がると、それに気づいたのか、沖田も席を立つのが見えた。先ほどまでの態度とは裏腹、今度は真っ直ぐに翔を見据えて店内を横切ってくる。

やっぱり、尾けてやがった――。

「翔、大丈夫か」

異常を察したマキハラが張り詰めた声でいった。酔っ払っていても、勘の鋭さは、さすが武道の達人である。

ところがそのとき――。

沖田の体ががくんと揺れた。

なにかに躓《つまず》いたようにつんのめったかと思うと、近くのテーブルにあったグラスが派手な音を立てて砕け散る。

悲鳴が上がった。何が起きたのかわからない。気づいたときには、真衣が立ち上がって従業員に指示を出していた。

騒がしかった店内が静まりかえり、百人はいるだろう客たちの視線が集中する中、沖田がゆっくりと体を起こすのが見えた。

まず両手を突き、ゆっくりと膝《ひざ》を立てて立ち上がる。

最後に、派手に出血した顔面が上がったかと思うと、濡《ぬ》れ光った両眼が見開かれ、むせるような殺気を足下から立ち上らせた。悲鳴とも絶叫もつかぬ音が男の喉《のど》から放たれたのはそのときだ。

「感染してるぞ！　離れろ！」

誰かが叫ぶと同時にパニックが起きた。フロアにいる多くの者が一斉に立ち上がり、ある者は出口に向かって突進し、またある者は沖田に立ち向かおうとする。止めに入った黒服の店員はいとも簡単に蹴《け》散《ち》らされて床に転がった。

「真衣、大丈夫だ。オレが行ってくる」

マキハラが出ようとするのを、「よせ！」、と翔が止めた。

「あいつには触るな。近づくのもダメだ」

「いいからいいから。感染したところで、オレたちなら大丈夫だって」

翔の制止を振り切ったマキハラは沖田に近づいていくと、一発顔面に派手なパンチを見舞った。

そこでもうひとり、沖田の連れの男と派手な立ち回りを演じ始めた。

「マキハラ――！」

「とりあえず、みんな店を出て」

凛《りん》として真衣がいった。「ここはいいから。翔もだよ。――早く」

「すまん」

七月のねっとりとした大気の底に沈む渋谷の街角に出、道玄坂を足早に下った。猛スピードで駆け上がっていく渋谷署のパトカーをやり過ごし、駅まで辿《たど》り着いたところで仲間たちと別れる。

マキハラのことが心配だった。真衣もいるから警察にしょっ引かれるようなことはないだろうが、発症した男に直接立ち向かうなど正気の沙汰ではない。

それにしても――。

自宅までの道を引き返しながら、翔が電話したのは貝原であった。

「あの沖田が？」

貝原は、その声にたちまち警戒感を滲《にじ》ませた。

「間違いない。あれから日本に戻ってきたんだろう。もうひとりは知らない顔の男だった」

「それで翔ちゃんを尾けてたと？」

「たぶん、オレたちの情報をどこかで仕入れたんだろう。それでオレを尾行してたと思うんだが、そこで発症したらしい」

「それにしても翔ちゃん、ダメじゃないですか、そんな場所に出かけて。緊急事態宣言中なんですよ。先生が知ったら——」

「とにかく貝原、お前も気をつけろ。何か分かったら教えてくれ」

小言を途中で遮ると、翔は蒸し暑い夜のしじまでそっと息をして、いままでのことを考えた。

気になることがある。

眉村紗英だ。

どうやったかは知らないが、奴らは翔の素性を知っていた。であれば、貝原や紗英の素性もまた調べ上げているはずだ。そんなことができるのは、何らかの情報網を持つ組織だけだろう。

得体の知れない薄気味の悪さを感じた。シベリアだけでおさまる話とも思えない。

見えないところで、何かの謀略が蠢《うごめ》いている。シベリアの陰謀だ。

「こいつはひと波乱、あるな」

鍋島《なべしま》松濤公園の脇あたりを足早に歩きながら、翔はひそかに戦慄《せんりつ》した。

3

「発症した男はやはり、アナーキストの沖田重綱でした。バタリタで翔ちゃんたちを襲ったグループの一員です」

事件の翌朝、新田からの報告に重たい沈黙が落ちた。官邸で開かれた内々のミーティングである。

「いったい翔を付け狙うとはどういう事情だ……」

誰にともなく泰山がつぶやく。

「目下、沖田の身辺を捜索中ですが、どうやら何らかのビジネスが絡《から》んでいた可能性があります」

「ビジネス？」

「沖田の所持品から、新宿区内にあるマンションの一室を特定して調べたところ、東京中央銀行新宿支店の口座に、この三年間で数千万円の入金が確認されました。個人名義からの振り込みでしたが、調べてみると振り込み人は架空の人物でした」

「いまどき架空名義で振り込みが出来るんですか」

そうきいたのは、貝原だ。

マネーロンダリング防止目的で、架空名義での口座開設はほぼ不可能に近い。もしやるとなれば、身分証明書などを偽造する必要があるが、それには組織的関与が必要だろう。

「ご推察の通りで、背後には何らかの組織が存在しているはずです。沖田の口座に入金されていたカネの出所がどこなのか、現在捜査中です」

「いずれにせよ――」

新田の話に、深々と吐息を洩《も》らして泰山はソファの背にもたれた。「その男もウイルスに感染して、感染拡大に一役買ってくれたわけだ。昨日の居酒屋にいた連中の感染状況はどうだ」

「判明しているだけで、感染者は十二名です」

新田が素早く店内図を広げてみせた。テーブル席の配置が描かれ、沖田たちのテーブルは黒く塗りつぶされている。客の所在が確認された席には青色、うち感染が確認された者には赤色のシールが上から貼られていた。

赤色のシールは、沖田らのテーブルの周辺とその奥側に向かって多く分布していた。エアコンの風向きが影響したのかも知れない。

「それにしても翔、なんでその場に残って全員に検査を受けさせなかった。もし感染していたら、取り返しのつかないことになるかも知れないんだぞ」

泰山の叱責《しっせき》に、「しゃあねえだろう、パニクっちまってたんだよ」、と翔は舌打ちまじりにこたえた。

「そもそも、緊急事態宣言中だってのに、何やってんだお前たち。だいたい、なんでその店はそんな大勢の客を入れてるんだ」

「若いのは感染しても発症しないって、朝のワイドショーか何かでいってるじゃねえか。それに、ウイルス感染自体が政府の陰謀なんだってよ」

「陰謀だと？　これのどこが陰謀なんだ」

目くじらを立てた泰山に、

「オレにきくな。知らねえよ、そんなこと」

翔は面倒くさそうにこたえる。「とにかく、いまネットではそんな噂がまことしやかに流れていて、本気にしてる連中も多いってことだ」

そのとき、

「アノックスですね」

貝原がいって、泰山の注意をひいた。

「それはなんだ、貝原」

「陰謀論者の集まりです。いま急速な勢いでネットでの支持を取り付けている連中です」

「ひとつ聞きたいんだがな。そんなバカげた話を信じるアホがいるのか」

「大勢います、先生」

貝原は真顔でこたえた。「先生が考えている以上に、日本はアホばっかりなんです。もしかすると、一億二千万人ちょっとのうち、半分ぐらいはアホかも知れません」

「せっかく人口が多いのにもったいないな、貝原くん」

狩屋が、いつもながらピントの外れたコメントを口にした。

「アノックスのリーダーは室伏英二《むろぶしえいじ》。公安でもマークしている重要人物のひとりで、何か重大な事案を引き起こす可能性があると目されています」

新田の解説に、

「いったい何者なんだ、そいつは」泰山がきいた。

「関東大学政治学部の教授です。通称、〝プロフェッサー〟。根も葉もない噂をばら撒《ま》いて、世間を惑わす俗悪な男です」

「大学教授か……」

嘆息した泰山のもとに新たな情報が舞い込んできたのは、そのときである。

「泰さん、池袋《いけぶくろ》駅で発症者が出て、山手線が止まっているそうです」

スマホを切って報告した狩屋の顔は、青ざめていた。事態は刻々と変化し、目まぐるしく状況は入れ替わろうとしている。「発症者は二十代前半の若者だとか」

「若い奴は発症しないんじゃなかったのかよ……」

誰にともなく、翔がひとりごちた。

「ああ、これはマズイな」

すぐに動画付きの投稿記事を見つけた貝原の表情がみるみる厳しくなっていく。

泰山も覗《のぞ》き込んだ。

ホームで暴れている男を数人の駅員たちが取り囲み、それを遠巻きにしている利用客の人垣が映っている。

「マジか――！」

同じく画面を覗き込んだ翔は思わず、声を上げた。

貝原の手からスマホをひったくるようにして、動画に目を凝らす。

「どうしたの、翔ちゃん」

ただならぬ様子に、狩屋がきいたとき、

「マキハラだ」

翔の口から、友人の名前が飛び出した。「だからやめとけっつったのに。しかし、こんなことってあるのか」

「謎のウイルスです、翔ちゃん」

貝原の口調は冷静だった。「何が起きても不思議ではありません」

「なんてこった……」

親友の発症に翔は言葉を無くし、両手で頭を抱え込んだ。

4

「おい、マキハラ。具合はどうだ」

インターホン越しに呼びかけると、ベッドの上で寝転がっていたマキハラの目が虚《うつ》ろに開くのがわかった。

ゆっくりと視線が動き、ガラス一枚隔てた来訪者へと向けられる。それが翔だとわかったとたん、ベッドから跳ね起きてインターホンに飛びついた。

「翔！　来てくれたのか！」

マキハラは眉《まゆ》をハの字にしていまにも泣きそうな表情だ。

「おお、来たぞ。元気か」

「ぴんぴんして力が余ってるぜ」

腕を曲げて力こぶを作ってみせた。病院食のせいか多少痩《や》せたように見えるが、逆に不摂生がないおかげでいつも以上に元気そうだ。ウイルス陽性と判定されて数日、マキハラはずっとこの京成大学病院で隔離されて過ごしていた。

「それにしてもついてねえぜ。なんでこんなことになっちまうんだ」

　マキハラは、嘆息してみせる。

「この前の『マルゴー』のこと覚えてるか」

「マルゴー？」

　記憶を巡らせたマキハラは、問うような眼差《まなざ》しを寄越《よこ》した。発症したとたん、最近の記憶が失われる。マキハラも例外ではなかった。

「真衣の新しい店だ。この前行ったじゃねえか。ほら、お前が電話してきてさ」

「オレが……」

　ふと顔を斜め上にあげて思い出そうとしたマキハラだったが、激しく首を横に振った。

「ダメだ思い出せねえ。なんでだ」

　頭を抱え込んだ。

「大丈夫さ、マキハラ。すぐ良くなるから」

　気休めだが、そういわないではいられなかった。マキハラは親友だ。「退院したらさ、飯食いに行こうぜ。全快祝いにオレが奢《おご》るからよ。何がいい、イタリアンかフレンチか、中華か、寿司《すし》か。ぱーっといこうじゃねえか」

「そりゃ楽しみだ。楽しみ——だ」

　何かが喉にひっかかったかのように、マキハラは言葉を吐き出した。

「おい、マキハラ。大丈夫か」

「だい——大丈夫。だ、い、じょう——ぶ？」

意識を失ったかのように、かくん、とマキハラの首が落ちる。

翔は息を呑み、ガラス越しのマキハラを凝視した。

右手をガラス面に当てたまま俯《うつむ》いているマキハラの表情は見えないが、何らかの異変が起き始めたのは確かだった。

「おい、マキハラ。しっかりしろ、マキハラ！」

その呼びかけに応じたかのように、ゆっくりと、マキハラの顔が上がったとたん、血走った形相に翔は後ずさった。

「マキハラ！」

翔は、インターホン越しに呼んだ。「マキハラ、聞こえるか。オレだ、翔だ。わかるか」

獣に変じたマキハラの、赤い舌が見えた。爛々《らんらん》と濡れ光る目が翔へと向けられる。それから、ひらりとベッドを飛び越えていったかと思うと、向こうの壁側から勢いをつけて翔の顔面めがけて鋭い蹴りが打ち込まれた。

合気道二段の猛者《もさ》だが、特殊な強化ガラスなのだろう、びくともしない。

拳《こぶし》がたて続けにガラスに叩《たた》きつけられた。

「やめろ、マキハラ。怪我《けが》するだけだ。くそっ」

翔が吐き捨てたとき、廊下の端から、防疫服を着た屈強な男たちが小走りにやってくるのがわかった。

「行きますよ」

男のひとりが声をかけて、男たちが一斉にマキハラに飛びかかり、床に押さえつけた。

その腕にドクターがすばやく注射を打つと、マキハラはおとなしくなり、あっという間に眠りに落ちていった。一分もかからなかっただろう。

「マキハラ……。よりによってなんでお前が」

ベッドに運び上げられ、ベルトで固定されるのを見ながら、翔は、理不尽さに唇を噛んだ。

5

検査数五千二百。うち新規感染者数千九百二十五人。そこから新たな発症者百八十五人——それが夕方までに集計された全国の人数であった。関係団体と省庁を集めた緊急会議の場である。

「マズイな」

報告された数字に震える吐息を漏らした泰山は、腕組みをして考え込む。

政治生命を賭《と》して発出した緊急事態宣言だが、思うような効果は上がっていない。感染ルート不明の事例が多発しているのも問題であった。

「実際には我々が把握している何倍もの感染者がいて市中を徘徊《はいかい》している可能性があります。彼らを見つけ出して隔離しないと、どんどん感染者は増えてしまいますよ、泰さん」

狩屋も危機感をあらわにしている。

「検査数を増やせないか」

　泰山がいうと、

「検査器材が不足しています」

　厚生労働省の役人が答えた。

「だったらメーカーにいって作らせたらどうだ」

　なおもいうと、

「メーカーに作らせる法律がありません」

　別の役人がもっともらしい口ぶりでいった。

「ふざけるな。検査が必要なんだぞ。とにかく作ってもらうよう頼み込むことぐらいできるだろう」

「検査すればいいというものではありません。総理、よくお考えください」

　今度は民間医療機関の代表として出席している医者がいった。「なにしろ、検査して感染者がたくさん出た場合、医療崩壊の可能性があるのですよ」

「検査をしなかったら医療崩壊しないんですか、先生」

　むっとした泰山に、医者は小馬鹿にしたような薄笑いを浮かべ、わかってないな、とばかりに首を横に振っている。

「検査で患者が増えるわけじゃないでしょう」

　泰山はいった。「いまのままではウイルス感染者がそれと気づかず、さらにばら撒くことになる。こっちの方が遥《はる》かに問題じゃないですか」

「しかし、感染が確認されると隔離する必要があります。そんな場所がどこかにありますか？あれば教えていただきたい」

医者はとりつく島もない言い方だ。「感染者で病床が埋まるようなことになれば、いま医療を必要としている他の患者への対応ができなくなります。感染しているだけで無症状の患者のために、重篤《じゅうとく》な患者を見捨てろといっているように聞こえますね、私には」

もっともらしい理屈をこねる。「総理のような安直なお考えで医療は動いているわけではありません。検査しろといわれても、医療現場はただでさえ激務なんです。果たして協力する医者や病院があるかなあ。もしおやりになるのなら、国公立の病院に指示されてはいかがです。我々民間ではとてもとても」

「民間病院は協力できないと、そういうことですか」

きいた泰山に、

「そうはいっていません。そう簡単なことではないと申し上げている」

小狡《こずる》い理屈を医者は口にした。「どうも軽く考えておられるようなので」

「軽く考えているわけではないんですが」

泰山は腹に怒りをため込んだ。「結局、あなた方にとって医は算術というわけだ」

「それは聞き捨てなりませんな」

医者は反論に出た。「ウイルス感染者を扱えば、たいていが風評被害を受けるんです。そんなことにでもなれば、我々民間病院にとって死活問題だ。最終的に一番困るのは、本来その病院で治療を受けるはずの患者です。我々医者ではありません」

嘘をつけ。結局のところ、理由をつけて自分たちの利益を守りたいだけじゃねえか——泰山は思った。面倒なことは国公立の病院に押しつけようという腹づもりだ。

「さっきの話だが、感染者は、屋形船か巨大フェリーでも借り上げて、海の上にいてもらうってのはどうだ」

泰山が提案すると、「まず貸主がいないでしょうね」、と国土交通省の役人から否定的な意見が出た。端《はな》から交渉する気などないのだ。「それに感染者の収容場所として不適切という批判が出ると思われます」

この一連のやりとりを、感染対策チームの根尻も苦虫を嚙《か》み潰《つぶ》したような顔で聞いている。

「君たちは何のために仕事をしているんだ」

ついには激高して、泰山はテーブルに拳を打ち付けた。「保身のためか。それとも、私の提案を否定するためか？　否定なんか誰にでもできる。否定するなら代替案を出すべきじゃないのか」

「そうおっしゃられても、我々には何の権限もありません。しかもこんな会議に出てもタダ働きだ」

へらへらした調子で、さっきの医者がいった。金ぴかの高級腕時計にカフスを光らせて、医者というよりどこかの成金のような男である。

「この国難に、ウイルス感染をなんとか防ごうという志《こころざし》はないんですか」

泰山は吠《ほ》えた。「面倒なことはしたくない、前例も覆《くつがえ》したくない、既得権益も守りたい、か」

泰山の憤怒《ふんぬ》に座は静まりかえったが、医者はそっぽをむき、役人は俯いて沈黙するばかりだ。

「検査だけでもいい。もっと数を増やす方法を考えてくれないか」

だが、前向きの発言をする者はいなかった。

ダメだ、こりゃ。

この連中を変えるのは至難の業《わざ》である。重苦しい会議室で泰山は苦悩し、天井を仰ぎ見た。

6

この日、翔が京成大学を訪ねたのは、「並木研究室をフォローするように」、とカバ山からメールで指示を受けたからであった。

並木教授は入院療養中だが、アグリシステムと共同開発中の人工肉「マンモスくん」の商品化計画は順調に進み、間もなく量産準備に入る段階という。可能なら、完成までは眉村助手の指導で進めてはどうか、という意見も上層部で出ているらしい。

「ごめんください。アグリシステムの武藤です」

研究室に入った翔を、いつもの薄気味悪い標本が迎え入れた。

返事は無い。

見れば、研究室奥に白衣を着た紗英の背中が見える。

翔の声も耳に入らないほど集中して、デスクで何かの写真を覗き込んでいた。

「紗英先生？」

すぐ後ろで声をかけると、うわっ、と驚いて振り返った。

「なんだ、武藤くんか。久しぶり」

シベリア以来の再会である。

「こちらこそ。ところでなに真剣に見てたんですか」

「これよ」

見せたのは、おそらくは電子顕微鏡で撮影した写真であった。「感染研究所が採取したウイルスの写真。一週間ぐらい前、池袋で発症した若い患者がいたでしょう」

「二十代で初めて発症したっていう人ですか」マキハラのことだ。

「このウイルス、変異してる」

「ヘンイ？」

ぽかんとした翔に構わず、紗英は続ける。

「ウイルスにはゲノムと呼ばれる設計図みたいなものがあるんだけど、増え続けるうちにその設計図が正確にコピーされず変わってしまうことがある。それが変異。設計図が変わればウイルスが持つ性質も変わり、感染力や毒性が強まったりするわけ。このウイルスにも、そういう特性があるのかも知れない」

「発症したの、オレの友達なんです。昨日、見舞いにいってきたばかりで」

翔のひと言に紗英はすっと押し黙り、何事か考えた。

「いままでは感染しても、抵抗力のある若者が発症することはあまりなかった。ところが、ウイルスが変異したために若い年齢層の感染者まで発症するようになった可能性はある。しかも、感染から発症までの時間がインフルエンザ並みに短くなっている。もしかすると君の友達は、変異株に感染したのかも知れない」

そういうと改めて、翔に視線を戻した。「このウイルスは賢いよ」

「どういう意味ですか」

「ウイルスには、その数を増やして生き残るための宿主《やどぬし》が必要なんだ。これはひとつの仮説として聞いてほしいんだけど、マドンナ・ウイルスは人間の若者が感染しても発症しないことで、若者の体を〝乗り物〟として利用していたフシがある。若者を通して中高年に感染し、そこで発症する。そうしたことを繰り返し、気づいたときには私たちの日常生活深くに入り込み、やがて〝乗り物〟としてきた若者にも害を及ぼす力を持つに至った。これがいまの段階」

紗英はさっき見ていた写真を、手にしたボールペンでトントンと叩いた。「だけど、感染した若者が全員、発症するわけではない。人間が油断する余地を残すわけ。ウイルスの繁栄のために、その方が有利であることは間違いない。自粛しろといわれても欲望に勝てない人間。自分だけは大丈夫だと過信する人間。ウイルスはそういう人間性を知り尽くし、最大限に利用して、目に見えない帝国を築こうとする。静かに。いつのまにか」

紗英は嘆息してみせた。「このウイルスの方が人間より上かも」

「でも、そのうちにワクチンとか治療薬とか出来るんじゃないんですか」

「全てのウイルスにワクチンが出来るとは限らないんだよ」

紗英は、翔に近くの椅子を勧めてから続けた。「たとえば、君も知ってるエイズ。これはHIVというウイルスが原因で、一九八〇年代から発生しているけど、ワクチンはまだない。開発中ということになっているけど、いつできるのか誰もわからない。比較的最近では中国と中東で、SARS《サーズ》とMERS《マーズ》と呼ばれるふたつのコロナウイルスによる感染症が流行したけど、これにもワクチンはない。治療薬もなし」

あまりのことに、翔は恐怖と絶望の表情を浮かべていたに違いない。紗英の話は、極楽トンボの甘い考えを粉砕するほど衝撃的なものであった。

「あ、あの——ワクチンが完成してる例はないんでしょうか」

マキハラのことがあるから、翔は必死になった。「インフルエンザとか。オレ、あんまり打ったことないけど」

「そうね。インフルエンザもワクチンはある。古いところでは天然痘とか。これはかつて全世界の人口の十分の一を殺したといわれるウイルスだけど、一九七九年に根絶された。人類がウイルスに勝利した数少ない事例かな。感染すると麻痺《まひ》で歩けなくなったりするポリオウイルスは全世界で五十万人が感染したといわれてるけど、これにもワクチンはある。新しいところでは、エボラウイルスかな。二〇一四年、西アフリカで大流行して、致死率五十パーセントと高く、現地派遣で感染した欧米の医療従事者約八百五十八人中、約五百十八人が死亡した。これは二〇一六年にワクチンが開発されて治験がはじまったおかげで感染は終息に向かいつつある。でも、ひとつ注意することもあるんだ。ワクチン開発には時間がかかるってこと。平均的な開発期間は七年といわれていて、昨日の今日で完成するようなものでもない。つまり、それまでの間、自分の身は自分で守るしかないんだよ」

「なんてこった……」

翔は唇を噛んだ。「オレの友達のために何かしてやれることはないでしょうか」

「気の毒だけど、祈ることぐらいでしょう」

紗英はいった。「人にはそれぞれ、生まれ持った運がある。重篤な病気のとき、その人がどうなるか医者にもわからない。運が良ければ還《かえ》ってくる。それを信じるしかないんだよ。そしてもうひとつ大切なのは、生きようとする気持ちだと思う」

「生きようとする気持ち？」

紗英は大きく頷《うなず》いた。

「このウイルスと戦って、なんとしても生きたい。そう思えるかどうか。だから希望を捨てないで生きろって、その友達にいいなさい。一緒に生きようって」

「わかりました」

翔は、ほんの少しだけ紗英のことを見直した。シベリアではいつも叱られてばかりで、おっかない先生だと思っていたが、それだけじゃない。紗英からいわれると、翔もまた強くなれる気がしたのだ。

「あ、それと『マンモスくん』のことなんですけど、並木先生がああなっちゃったし、監修の続き、紗英先生にやってもらえないかと、会社の上層部が」

ようやく本題を切り出した翔に、紗英は首を斜めに傾けてみせた。

「私にはマンモスの味がどんなものかわからないよ。だいたいマンモスの肉、食べたことないし」

「どうせ誰も食べたことないんで、テキトーで結構だそうです。人工肉の味付けに自信がないんで、マンモスの肉ってことにしておこうって話らしいんで」

「お宅の会社、大丈夫なの？」

紗英は半ば呆れ顔になる。「まあいいわ。並木先生が快復してくるまでのつなぎとして、味見だけはさせてもらいます」

「ありがとうございます」

頭を下げた翔に、「ところで武藤くん」、と紗英は改まった口調できいた。

「実は、こういうのを見つけたんだけど、公安の刑事さんに話をつないでもらえないかな」

差し出されたのは、銀行の預金通帳であった。並木又次郎という名前が表紙に印刷されている。

「並木教授の？」

「ちょっとデスクの中を探してみたんだ。そしたら出てきた」

少々バツが悪そうに紗英はいった。「ほら、並木教授がなにかのビジネスに関わっていたんじゃないかって、イワノフ教授に言われたでしょ」

紗英としては、そのビジネスが何なのかが気になるのだろう。

「なにか、あったんですか」

問うた翔に、「これ見て」、と紗英は付箋《ふせん》を貼った通帳のページを開いてみせた。記載のある振り込みのひとつを指す。

「このお金を振り込んできた会社の名前、君、知ってる？」

摘要欄に印刷された名前は——ボイニッチ。

「なんかヘンな名前ですね」覗き込んでいた顔を上げて、翔はいった。

「中世に書かれたっていう『ボイニッチ手稿《しゅこう》』から取ってるんじゃないかな」

「なんです、そのボイニッチなんとかって？」

「全編が暗号めいた謎の言語で記されていて、挿絵も意味不明。現代にいたるまで解読されていないという奇書よ」

翔にとっては、初めて聞く話であった。「少し調べてみたけど、これは日本の会社じゃなさそう。英語圏の社名とも思えないし、ネットにも詳しい情報がなかった」

振り込まれたのは、ひと月ほど前だ。「それで、可能なら調べてもらえないかなと思って。並木教授が何をしようとしていたのか、もしかすると感染の経緯《いきさつ》までわかるかも知れない」

「なるほど」

翔は、その振込額を「一、十、百、千、万……」と数えてみた。そして、「すげえな」、と思わず驚きの声を上げる。

「五千万円」

紗英がいった。「企業からの献金にしては、多すぎると思う。これだけのお金をもらうビジネスがなんなのか、私にはわからないんだ。君、わかる？」

「いえ――」

翔は首を横に振った。「でもきっと、ウイルスがらみですよね」

「おそらく。それがどんなビジネスなのか、私は知りたい」

強い意志を感じさせる目で、紗英は翔を見た。

この件について公安の新田から連絡があったのは、わずか三日後のことであった。

7

「送金はイスラエルからでした」

その新田の報告は驚くべきものであった。うだるような暑さの昼下がりである。

並木研究室には、翔と紗英、そして貝原がいて、新田の報告に耳を傾けているところだ。

「イスラエル……」

紗英のつぶやきに、新田は小さく頷いて続ける。

「ボイニッチという会社の実体については明らかではありませんが、おそらくメインは軍事産業だと思われます。武器を売ってカネを稼ぐ、死の商人です。調べましたが、並木教授とどのような取引が行われていたかまではわかりません。もちろん、武器以外のものも扱っていますから、ボイニッチとの取引が即座に武器と直結するわけではありませんが」

「とはいえ、紗英先生も知らないとなると、きっとまっとうな取引じゃねえな」

翔が顎《あご》の辺りをさすりながらいったが、推測に過ぎない。

「実は、並木教授の通帳には、他にも興味深いものがありました」

新田は、入金に注目してみせた。「この入金です」

金額八十万円。この五月半ばの振り込みである。振り込み人は、「タチバナキヨト」となっている。

「個人からの振り込み、ですか」と貝原。

「そうです。我々の調べでは同じ頃、並木教授はシベリア行きの旅行の手配をしています。この八十万円の入金の二日後、並木教授がほぼ同額のカネを旅行会社に振り込んでいます」

実際、その振り込みも通帳には記載されていた。

「つまり、タチバナキヨトが払い込んだのは旅費ではないかと、そういうことですか」

貝原にきかれて新田は頷いた。

「調べてみると、この金は白水《はくすい》銀行池袋支店のＡＴＭから振り込まれていました。これが、そのときの写真です」

防犯カメラから切り出されたスチール写真だ。

それを見たとたん、

「――あっ、こいつ」

翔が声を上げ、新田の顔をまじまじと見た。紗英も貝原も驚きを禁じ得ないまま、押し黙っている。

特徴的なひょっとこ面は、防犯カメラの粗い画像でも明らかであった。

「こいつ、バカリタでオレらを襲ってきた男じゃねえか」

「アナーキストの沖田重綱です」

重々しく新田がいった。「問題は、沖田が並木教授に近づいた目的です」

「そんなの決まってるじゃねえか。ウイルスを手に入れるためさ」

翔は、ギラつく視線を窓の外に投げていった。「こいつらは、ウイルスを手に入れるために並木教授を買収してたに違いねえ。そして——」

「ウイルスはすでにこの男たちの手に渡ってしまったかも知れません」

翔がいわんとすることを、新田が継いだ。

「並木先生がそんな危険な男と……」

血の気のない表情で、紗英が声を震わせた。「並木先生は相手がテロリストだと知っていたんでしょうか」

「それはわかりません」

新田のこたえに、息苦しいほどの沈黙が挟まる。「ただ、真相がどうあれ、我々はそれを暴かねばなりません」

「もし、何か並木先生について新しい事実がわかったら聞かせていただけませんか」

ショックを受けながらも、紗英は気丈に訴えた。「耳の痛いことでも構いません。私は知りたいんです。この分野を研究対象に選んだひとりの研究者として」

「承知しました」

そういうと新田は、一礼するやすっと姿を消した。

第五章　犬にきいてみろ

1

「総理。本日の新規感染者数、ご存じですか」

テレビの党首討論会の冒頭、そんな質問を向けてきたのは、関東テレビの人気キャスター飯島《いいじま》春菜《はるな》であった。なにかと厳しい質問をぶつけてくるので知られる相手である。

あらかじめ、貝原がまとめた資料が手元にあるが、目を落とすまでもなく泰山の頭には入っていた。

「全国で二千五百人です。うち東京都が三百十人と承知しております」

「少ないと思いませんか」

飯島はいうと、泰山に反論の機会を与えず、「いかがですか、蔵本党首」、と憲民党の蔵本に話を振る。

誘導質問のようなものであった。「やり方が汚えな」、と泰山は難しい顔になる。

「少ないですよ」

案の定、蔵本がいった。蔵本は、かつて民政党で泰山と肩を並べていた男である。その後、党を割って出、憲民党を旗揚げしてからというもの、何かと泰山の前に立ちはだかる政敵となった。憲民党といえば、掲げる政策はどれも絵に描いた餅《もち》。与党民政党の邪魔をすることだけをモットーとしているような、卑屈な党である。蔵本はここぞとばかり、口撃に出た。

「感染者数が少ないのに、もう緊急事態宣言が発出されたことは甚《はなは》だ遺憾であると考えております」

反論しようと挙手しかけた泰山を制して、

「番組では、街頭アンケートを実施しました。これがその結果です」

飯島は胸の前にボードを立てた。「『あなたは緊急事態宣言に賛成ですか、反対ですか』という質問に対して、賛成が二十五パーセント、どちらでもないが十パーセント、反対がなんと六十五パーセントもあるんですね」

ようやく泰山の方を向き、「これを総理、どう受け止められますか」、と振ってきた。

「緊急事態宣言は感染者数が増えてからでは一定の効果を生むまで時間がかかります。いまの段階でやるからこそ意味があります。熱中症にならないように喉《のど》が渇く前に水を飲みます。それと同じです。国民の皆さんには、ご理解とご協力をいただけるよう努力したいと考えております」

「ちょっといいですか。その割には感染者数は減ってないように見えますがねえ。総理には、効果的に見えるんでしょうか」

　挙手と同時に勝手に発言したのは、共和党の福島一光《ふくしまかずみつ》だ。風采《ふうさい》の上がらない万年係長みたいな男だが、嫌みをいわせれば右に出る者はいないという政界一底意地の悪い男である。「だいたい、民意を得られないまま経済的に影響の大きい緊急事態宣言を発出するというのは拙速に過ぎますな」

「ならば感染者が増えるまで対策もしないで傍観しろと、そうおっしゃるんですか」

　いちいち発言許可を取るのも面倒なので、泰山はそういってやった。

「そんなこと誰がいいました？」

　福島は色をなして疑問形で返して寄越《よこ》した。「手洗い、マスク、ソーシャル・ディスタンス、飲食店においては消毒に換気――日常的な感染対策で感染は抑えられるんじゃないか。国民はみんなそう思ってるわけですよ。私も含めてね」

「このウイルスはそんな甘いもんじゃないですよ。油断すれば、あっと言う間に広がる。何度でもいわせてもらいますが、感染が広がってしまってからでは遅いんです」

「甘いものではない、という総理のご発言がありましたが、蔵本さん、いかがです」

「甚だ片腹痛いですな」

　上から目線で蔵本はいった。「大臣が感染第一号ですよね。どこで感染したんですか、総理」

　質問しておきながら、答えようとした泰山を遮《さえぎ》って蔵本は続ける。「感染源もいまだ突き止められないままだ。国民には緊急事態宣言だなんて自粛を求めながら、政府はやることやってないじゃないですか。認識が甘いとしかいいようがない。国民を愚弄《ぐろう》しているとしか思えませんね」

「――という蔵本党首からのきついご意見ですが、いかがですか、総理」

「感染源については外交上の問題もあり、特定に時間がかかります。努力していないわけではありません」

苦しい答弁である。「緊急事態宣言は、感染対策チームの専門家の意見に沿ったものです。国民を愚弄するとか、そんなつもりは毛頭ありません。感情論に流されるのではなく、もう少し論理的な思考が必要ではないでしょうか」

蔵本の顔つきが変わり、ざまあみろ、と泰山が内心ほくそ笑んだとき、

「しかし、国民の間で、不満が高まっていることは事実だと思いますけどねえ」

福島が嫌みな口調で割り込んできた。「政府は論理的な判断だといってますけど、国民はそうは思ってないわけですよ。多くの人たちの間で、不満が高まっていて、その結果、ウイルスは政府がばら撒《ま》いたという陰謀論まで出ているんです」

何が陰謀論だ。そんなことぐらいわかっとるわい――と泰山がいおうとしたが飯島はそのスキを与えなかった。

「陰謀論、という言葉が福島党首から出ましたが、当番組ではその実態に迫ってみました、これをご覧ください」

モニタに映し出されたのは、薄暗い店内に集まった若者たちの映像だった。年齢も性別も様々な連中は、何かに興奮し、叫び、浴びるように酒を呑《の》んで騒いでいる。

中心にいるのは、静けさを纏《まと》ったひとりの男であった。「アノックス・リーダー、室伏英二」とテロップが紹介している。

「今回のマドンナ・ウイルスについて、どう思いますか」

マイクを向けられた室伏は、

「政府は我々国民に重大な隠し事をしています」

重々しい口調で決めつけた。「政府はロシアからウイルスを持ち帰り、一般国民を相手に人体実験をしているという証言を得ています。これを主導しているのは、国外の敵性国と通じた与党政治家と一部の官僚たちで、彼らはそれを使って金儲《もう》けを企《たくら》んでいる。霞《かすみ》が関《せき》の地下にあるクラブに集い、女を侍《はべ》らせて自堕落な行為を繰り返している。我々はその真実を世の中に知らしめ、民衆のパワーを集結し、この国の悪を叩《たた》き潰《つぶ》し、正しい方向に導くことを目的としています。政府の緊急事態宣言の裏には、国民に知られてはマズイ不都合な真実が存在します。その事実が我々の活動のおかげで国民の間に徐々に知られるところとなり、大きなうねりとなりつつあります。我々は行動を起こすときが近づいています。正義のため、我々のパワーを腐った権力者に見せつけるときです」

その室伏の言葉とともに、その場に集まった連中が一斉に叫び始めた。陶酔し、ある者は怒りに溢《あふ》れ、ある者は悲壮な決意に表情を歪《ゆが》めている。

「——ということなんですが、ここでもうひとつのアンケートをご覧ください」

スタジオで飯島が新たなボードを立てた。「あなたはアノックスを信じますか、という質問に対して、四十パーセントもの回答者が『信じる』『やや信じる』と回答しています。これをどうお考えになりますか、総理」

「理解に苦しみます」

泰山は冷ややかにこたえた。「そのアンケートをどこで取られたかわかりませんが、彼らが主張する陰謀など存在しないと、明確に申し上げます」

「それが嘘っぽいんだよなあ」

ここぞとばかり、蔵本がいった。「だいたいね、彼らは総理のいうことなんか、端《はな》から信じていませんよ。陰謀を企てている人間が企てているとはいわないわけだから」

「蔵本党首はどうお考えなんでしょう」

「私はね、彼らの根底にあるのは、政権への憤りだと思いますよ」

ここぞとばかり蔵本は決めつけた。「この世の中に感じる閉塞《へいそく》感や貧富の差。希望が持てない中、ウイルスに大切な人を奪われ、納得のいかない緊急事態宣言の発出により仕事を奪われる。これをやればウイルスの感染は抑えられるといわれても、その対策によって生活が脅かされれば、これはウイルスに感染する以上の危機なんです。どっちを取るかですよ。武藤総理はウイルスを抑え込むことだけが正しいと思っているようですが、それを望んでいない国民が大勢いて、彼らはそれを正しいと思っていない、いや思えない現実がある。そこに内閣支持率の低迷やさっきのアンケートの結果を招いた答えがあるのではないでしょうか」

この野郎、勝手なことばかりいいやがって——。

泰山が即座に反論しようとしたとき、

「蔵本党首の熱い意見が飛び出したところですが、残念ながら時間になりました」

飯島は勝手に締めくくって、肝心なところで党首討論会を打ち切りにしたのであった。

「結局、政府批判の火に油を注いだだけでしたね」

収録後、貝原のひと言に、泰山はむっとした。官邸への車中である。

「あんなのはデキレースだ」

後部座席の泰山は不機嫌に決めつけた。「あの飯島はなんでもかんでも反政府だ。最初から蔵本と福島の肩を持つつもりだったんだ」

「党首討論会といいながら、アノックスの取材シーンも長すぎました」

貝原が分析する。「なのに、陰謀論に対する先生の反論をきちんと放送せず、結果的に憲民党の政府批判を肯定するようなまとめ方です。フェアではありません。あれを見た陰謀論者たちは、自分たちが正しいと思ってしまうでしょう」

「お前のいう通りだ」

珍しく秘書を認め、泰山は無念そうに唇を嚙《か》む。

「何か抜本的な対策が必要かと思います」

貝原がそっと補足する。

その通りだと泰山も思う。

「問題は、緊急事態宣言を出しても期待したほど感染者が減らないことだ」

かといって、医者たちは検査数を増やすことに難色を示し、さらにウイルス感染者用の増床にも抵抗して対策は遅々として進まない。

「なんとかならねえのか」

ぼそりとつぶやいた泰山は黙考するが、事態を打開するアイデアがそう簡単に出てくるはずもなかった。

2

「なんでオレが犬のお迎えなんだよ」

ぶつぶついいながら、翔は幡ヶ谷駅から笹塚へ向かう道を歩いていた。

多忙の紗英に代わってタロのお迎えに行け、というのは上司のカバ山の指示であった。

事の発端は、紗英が感染対策チームに招かれたことだ。並木の発症を目《ま》の当たりにした研究者として、またいち早く変異を報告した学者として、チームリーダーの根尻に評価されたが故である。

甲州街道から一本入った裏道は、緊急事態宣言のせいで飲食店も早々と店じまいをし、人影もまばらであった。駅から五分ほども歩くと、向こうに目指す動物病院の緑の看板が見えてくる。

「こんにちは。タロ、引き取りにきました」

「ああ、どうも。カレシさん」出てきたスタッフが愛想よくいった。

「カレシじゃねえし」

「眉村さんからもお電話いただいてますよ」

翔のひと言を無視したスタッフは、奥に並んでいるケージのひとつを開け、太り気味のパグ犬を抱き上げる。研究で家を空けたので、この二日程預けられていたらしい。

「お迎えですよ、タロくん。はい、どうぞ」

床に置くと、タロはお座りをして舌を出し、翔のことを見上げてくる。

「この前は嫌がったくせに、お前、なに態度変えてんだよ」

頭を撫《な》でてやると、もっと撫でろと翔に催促した。前回とは随分な変わりようだ。

「きっと、家族だと認識したんじゃないかしら」

「家族じゃねえし――」だんだんどうでもよくなってきた。

そのまま笹塚まで歩いて行き、改札の前でケージの扉を開けると、タロは何かいいたげに翔を見上げていたが、やがて諦《あきら》めたようにケージに入っていく。

「意外に賢いな、お前」

感心しながら改札を抜け、階段を上がるとちょうど下りの各停が滑り込んでくるところであった。普段なら混み合う車両もガラガラで、犬を運ぶには好都合だ。ストレスにならないように上着をケージにかけてやり、席に座って膝《ひざ》の上に載せた。

「少し我慢しろよ」

じっとこちらを見つめるタロに話しかけた翔は、京王《けいおう》線を乗り継いで渋谷まで行き、駅を出たところでケージから出してやる。

リードを引っ張って宮益坂を駆け上がろうとするタロは、きっと何度か京成大学までの道のりを歩いたことがあるのだろう。

そのまま引っ張られるように大学まできた翔だったが、守衛のいる入り口で問題が起きた。

「キャンパス内に犬はダメですよ」

守衛室の窓から顔を突き出して、制服姿の男がいったのだ。

「眉村先生の犬を引き渡しに来たんですけど」

「ダメなものはダメです」

いかにも融通の利かなそうな顔で翔を睨《にら》み付けてくる。きっと何かイヤなことでもあったんだろう。

「じゃあ、いいです。眉村先生に電話して取りに来てもらいますから」

スマホを取り出して紗英にかけようとしたときだ。タロの怯《おび》えた目が男を見上げたと思ったとたん、いきなり走り出したのである。リードが跳ね上がり、勢いで飛ばされたスマホが石畳を滑っていく。

「うわっ」

翔が短く叫んだのと、

「あっ、犬が！」

守衛が声を上げたのは同時であった。二十メートルほど入ったところで、タロがこちらを振り返っている。リードは引きずったままだ。

「ほら。おっかない顔で見下ろすから」

「私の顔のどこがおっかないんだ」

ブルドッグみたいな顔が翔を睨んだ。

「十分おっかないと思いますけどね。タロ。おいで」

ケージに結びつけた袋から取り出した犬用のおやつを掲げてみせる。「タロ。おやつだよ。タロ！　――ああ、行っちまった。すみません」

パグ犬のずんぐりした後ろ姿がキャンパスに消えていくのを見て、翔は舌打ちした。

「早く連れ戻してくれないと困るよ」

「捜してきます」

キャンパスに入った。渋谷区の商業区域にあるというのに緑が豊富なキャンパスだが、夜来るとその木々は鬱蒼《うつそう》としてどこか威圧感がある。午後七時を過ぎていた。見上げた空に星はなく、スニーカーの音が夜の底にくぐもって聞こえる。

キャンパスは広いが、翔にはタロの行き先がわかっていた。

紗英のいる研究室だ。

校舎に囲まれた人気《ひとけ》のない広場を通り、図書館の脇を抜ける。この時間になると研究棟のドアは閉まっているはずだと思ったが、案の定、小さな塊がドアの前にいて、建物を見上げていた。

「タロ。おいで」

声をかけてケージを下ろすと、さっさと歩いてきて中に入る。「お前、ホント、利口なのかバカなのかわかんねえな」

三階に上がり、いまや勝手知ったる研究室のドアをノックした。

「タロを連れてきましたよ」

中に声をかけてケージを開けると、勢いよく飛び出したタロが大喜びで紗英のところへ駆けていった。

「ありがとう」

相当、根を詰めていたのか、紗英は少々疲れた表情で髪がほつれていた。「大変だったんじゃない？　この前はタロとうまくいってなかったみたいだし」

「ところが、今日はそうでもなかったんですよ」

「へえ、そうなんだ。いい子だもんねえ、タロは」

研究室の床で腹を見せて甘えているタロを、紗英は両手で撫でている。

「タロって、結構人見知りするんじゃないですか」

「人見知り？　しないよ」

紗英が不思議そうにこたえる。「武藤くんがコワいから、怯えてたんだよねえ、タロ」

「それは違うと思いますけどね」

いいながら翔が運んできたケージを床に置いたとき、床で寝転がっていたタロが跳ね起きた。警戒して耳をそばだて、ドアをじっと見ている。

「どうしたの、タロ」

タロの視線の先を追った紗英が、何かに目をとめ、ふと口を噤《つぐ》む。

振り返った翔もすっと息を吸い込んだのは、そこで妙なことが起きていたからだ。

ドアハンドルが動いている。

下におろされたかと思うと、また戻る。翔が見つめている前で、同じような動きが二度繰り返された。タロが低く唸《うな》りはじめ、

「タロ。こっち来て」

紗英がタロの体を引き寄せたとき、ゆっくりとドアが開き、廊下の明かりが人影を浮かび上がらせた。

「なんだあんたか」

そこに立っていたのはさっきの守衛だった。「犬、捜しにきたのかよ。悪かったな」

が――様子はどこか変だ。

帽子をかぶり俯《うつむ》き加減に立っている守衛の顔は、陰になって見えない。両手をだらりと下げて立ち尽くす姿は、幽霊のようだ。

「もう帰るからいいだろ」

翔がいったとき、見えない力で摑《つか》まれたかのように、守衛の顔が上がった。

目が血走り、濡《ぬ》れ光っている。涎《よだれ》を垂らしたままの口から赤い舌が生き物のように這《は》い出し、くねっていた。

息を呑む紗英の腕の中でタロが吠《ほ》え始めた。

「こいつ、発症してる」

相手の動きに集中したまま、翔がいった。「紗英先生はタロと奥に隠れて。早くっ！」

守衛の口から雄叫《おたけ》びが上がった。

突進してきた相手を十分に引き付け、躱《かわ》しながら、ラグビーのハンドオフよろしく相手の後頭部に手を当てて強く押し倒す。

守衛の体が床に叩きつけられて滑っていったかと思うと、派手な勢いで棚に激突するまで一瞬の出来事だ。ついでに、棚から落下したガラス瓶《びん》のひとつが守衛の後頭部を直撃すると、不気味な声とともにその体が床にのび、動かなくなった。

「まさか死んじゃったんじゃ……」

奥から顔を出した紗英は両手で口元をおさえている。

「いや。気を失ってるだけだと思うけど」

サイレンの音とともに救急車が到着したのは、その数分後のことであった。

3

警察の事情聴取は午後八時過ぎまでかかった。

「また危ない目に遭《あ》わせちゃった。ごめんね」

研究棟から外に出たとたん、重いため息をついた翔に、紗英が詫《わ》びた。

「オレがいるときでよかったですよ。紗英先生にもしものことがあったら、カバ山にぶっ飛ばされちまうし」

そういって翔は、足下から見上げてくるタロの頭を撫でる。

翔にも紗英にも、そしてタロにも怪我《けが》がなかったのは不幸中の幸いといったところか。

門へのスロープを下りていくと、別の守衛が立って翔たちを待っていた。

「お疲れ様です」

帽子の庇《ひさし》に手をやって男が頭を下げる。

「お疲れ様。大変でしたね」

紗英がいうと、疲れた顔で男は苦笑してみせた。

「私、非番だったんですけどね。おかげで、この後、検査にも行かなきゃなりません」

守衛は、紗英の足下で尻尾《しっぽ》を振っているタロを見下ろし、「かわいいですね」、と頭を撫でた。

「怪我がなくて良かったねえ」

そんなことをタロに話しかけている守衛の顔はいかつかったが、タロは怯えることなくされるがままになっている。

さっきの守衛からは逃げ出したのに。気まぐれな犬だな——。

そんなことを思いながら歩き出した翔は、ふと立ち止まった。

「どうしたの？」

紗英も立ち止まって翔を見ていた。タロも見上げている。

「ちょっと気になることがあるんですけど」

「気になること？」

不思議そうに、紗英が聞き返した。

「さっきここを通るとき、タロは守衛を見て逃げ出したんですよ。でも、いまの守衛とは仲良くしてた」

「タロはフレンドリーな子だから、逃げ出したんじゃなくて、私のところに早く来たかったのかも」

紗英の意見に、翔は首を横に振った。

「いや、あのとき確かにタロは逃げてたと思う。守衛に何か感じたんじゃないのかな。考えてみればこの前もそうだったんです。オレがタロを迎えにいったとき、タロはあまり懐かなかった。それどころか、逃げようとした。なのに、今日は最初から懐いてきた」

「武藤くんに慣れたからでしょう」

「最初はオレもそう思ったんです。でも、そうじゃないかも知れない」

翔はしゃがみ込んでタロを見つめる。「タロにはウイルスに感染しているかどうかがわかるんじゃないかな。実際、前回タロと会ったとき、オレは感染してた。いまは違うから、今日は懐いたんだ。もしかすると、ある種の予知能力みたいなものがあるかも」

笑い飛ばされるかと思いきや、紗英はやけに真剣な顔になった。そして、

「私は予知能力は信じない。だけど、いまの武藤くんの話、すごくおもしろいと思う」

そういうと少し考えた。「もしかしたらタロは、匂いを嗅《か》ぎ分けたのかも」

「匂い……？」

予想もしない考えであった。

「病気には匂いがあるって話、聞いたことない？」

紗英は続ける。「たとえば、がん。がんには独特の匂いがあって、それを嗅ぎ分けられるがん探知犬も存在する。医学的には認められていないし、保険の適用外だけど、探知精度は百パーセントに近い。がんの匂いを覚えた探知犬は、検査でも見つからないほどの早期がんも発見できるといわれてる。犬の嗅覚《きゅうかく》は最大で人間の一億倍。われわれにはまったくわからない匂いまでわかる」

ようやく、紗英が何をいいたいか、翔にもわかってきた。

「つまり、このウイルスに感染した人には匂いがあると？」

「仮説にすぎないけど、試してみる価値はある」

紗英はいった。「もしかしたら——武藤内閣が直面している難問が解決できるかも知れない」

4

「犬が検査する？　先生、からかってるんじゃないでしょうね」

感染対策チームの連絡会議の後、首相官邸の執務室に現れたのは、チームリーダーの根尻と眉村紗英のふたりであった。

「大真面目ですよ、総理。眉村君から、犬がウイルス感染した人の匂いを嗅ぎつけたかも知れないという事例を聞いて、それを検証してみたんです。すると驚いたことにタロは——パグ犬ですが、ほとんどの患者の匂いに反応しました。正答率は、ほぼ百パーセントです」

泰山は唸り、眉《まゆ》のあたりに唾《つば》をつけている。

だが、根尻は真面目そのものであった。

「パグ犬じゃないとダメなんですか」

そうきいたのは狩屋だ。

「私もそう思いまして、犬種を変えてやってみました。その結果がこの通りです」

シェパード、ドーベルマン、ゴールデンレトリバーにビーグル、柴《しば》犬。それぞれの嗅ぎ分けの結果、多少の精度の差はあれ、多くが感染者の匂いに反応したという。

「泰さん、もしかして、これはいけるんじゃないですか」

ぱっと顔をかがやかせて、狩屋がいった。「警察犬なら全国の都道府県にいますし、金もかかりません」

「しかも、その場で結果がわかります」

紗英が付け加えた。「街をパトロールするだけで、感染者を見つけることもできます」

泰山はこたえない。

ふたりの話に耳を傾け、何事かじっと考えている。

「問題は、厚労省が正式な検査方式として承認しないだろうということです」

根尻はいった。「ですが、予備的な検査という位置づけであれば、検査犬の導入で、検査数は大幅に増やせるし、低コストです。感染拡大防止の切り札になる可能性もある」

緊急事態宣言を発出したものの、世間の反発もあってウイルス対策は行き詰まりを見せているのが実状である。今後の対策の巧拙が政権の支持率に直結する事態といってよかった。

「もし、うまく行かなかったらどうなる」

「うまく行きます、総理」

紗英がいった。「たとえばコンサート会場の入り口に検査犬を配置するだけでも効果はあります。テント張りの簡易検査所を設けるのは簡単ですし、主要駅や学校に配置して入出者の匂いをチェックしてもいいと思うんです。しかもこれ、武藤くんが——総理の息子さんが最初に気づいたんです」

「翔が？」

顔を上げた泰山は、発見までの経緯に耳を傾けた。

「貝原、お前はどう思う」

傍《かたわ》らの秘書に、泰山は問う。

いつもはバカにしているが、こういう重要な判断を下す際に貝原の意見は欠かせないのであった。

「翔ちゃんにしては、珍しくお手柄だと思います。あ、失礼」

泰山に睨まれ、貝原は萎縮《いしゅく》した。「アイデアとしては悪くないかと。低予算で済むのもいいです」

「犬嫌いはどうする」

「猫でもできるかも知れません」

根尻がいった。冗談をいってるのかと泰山は疑わしげな目を向けたが、大真面目である。「犬がコワい人には、猫で対応すればよろしい」

たっぷり二十秒ほども瞑目《めいもく》して考えた泰山が、ふたたび目を開けたとき、すでに決意の色が浮かんでいた。

「カリヤン、どれだけの警察犬を導入できるか、調べてくれ。民間からのボランティア犬も募集しよう」

「泰さん、やりますか」

「やるぞ」

強い意志を含んだひと言を、泰山は発した。「犬だろうが猫だろうが、総力戦でぶつかるしかない」


泰山の肝いりにより、ウイルス探知犬による臨時検査所が繁華街やオフィス街に置かれたのは、それから間もなくのことであった。

これによって検査数は激増し、武藤内閣の支持率はわずかながら上昇の兆しを見せたのである。だが、期待したほどの支持率にまで上がらなかったのは、検査数増による感染者数の増加という当然の結果がもたらされたからだ。

とくに民間医療業界が感染者受け入れに消極的であるため、結果的に医療崩壊のリスクが取り沙汰《ざた》されることになってきた。

「なかなかうまくいかねえな。あちら立てればこちらが立たぬ、だ」

　この日、毎朝《まいちょう》新聞が発表した支持率の数字を見て、泰山は嘆息した。「支持率も頭打ちだが、なんでこんなに感染者が増えるんだ」

「単なる検査数の増加だけでは説明できない気がします」

　そう答えたのは根尻であった。

　やるべきことはやっている。

　ところが、結果がついてこない。

「オレたちが知らない何かがあるのか……」

　意味ありげに、泰山はつぶやいた。その何かはわからない。あるいは、結果が出ないことに焦燥する自らの思い違いかも知れなかったが、そこは長年修羅《しゅら》場《ば》をくぐってきた勘によるところが大きい。

「泰さん、気にしているのは例のテロリストの件ですか」

　狩屋がそろりときいた。

「新田刑事の話では、シベリアで並木教授と親交のあったガイドのイゴールは、テロリストと関わりがあるとのことでした」と貝原。

「もし――もし、だ。オレたちが火消しに必死になっているそばで、火をつけて歩いている奴がいたとすれば、どうだ」

　答えるものはいない。重苦しい沈黙の中、

「可能性は、ありますよ、泰さん」

狩屋は眉を顰《ひそ》めていい、貝原を向いた。「沖田に話を聞けないのか、貝原くん」

「発症の後遺症がひどく、いまだ話ができる状況にはないそうです。ただ、並木教授ならなんとかなるかも知れません。最近、容態が改善して、多少のコミュニケーションは取れるようになったと」

「それは本当か、貝原」

泰山が眼光鋭く問うた。「ならば、お前行って話を聞いてこい」

「込み入った話までは難しいようです。ならば面識がない私より、並木研究室の眉村助手にお願いしてはどうかと」

「わかった。すぐに行け」

泰山の命に、貝原は足早に執務室を出た。

5

「先生。先生。——並木先生」

紗英の呼びかけに反応はなく、並木又次郎は感情のない表情で虚《うつ》ろな眼差《まなざ》しを天井に向けたままであった。

京成大学病院の病室に貝原たちはいた。並木の話を聞くために紗英に同道を頼んでやってきたのだが、翔もいる。社命で並木研究室に詰めて紗英のカバン持ちをしているからである。

「調子がいいと少し話せるんですけどね」

担当ドクターがいい、「並木さーん」、と少し声のボリュームを上げて耳元で呼びかけた。「眉村さんがいらっしゃいましたよ。聞こえますか」

すると、

「……はい」

かすれた声が応じた。

ベッドサイドから見下ろす並木は、いまや高齢の老人のように頬《ほお》がこけ、点滴を刺した骨張った手には血管が青く浮いている。並木研究室で見た写真の本人とは似ても似つかぬ衰弱ぶりであった。

「先生、お加減はいかがです」

紗英がきいたが、返事はない。

「これでもかなり良くなったんです」

ドクターが説明する。「時々、断片的に話せることもありますが、波がありましてね。なかなか会話が成り立つところまではいきません」

いままでの経験から、マドンナ・ウイルスに関して、いくつかのことがわかってきている。

感染者が発症する確率は、高齢者になるほど高くなり、予後も悪い。さらに変異株の場合は、インフルエンザ並みに潜伏期間が短縮され、若年層でも発症する確率が高くなっていることも報告されている。発症後は記憶の部分的喪失や言語障害などが起き、高齢者ほど快復に時間を要し、さらに脳に何らかの障害が残る後遺症が何例も報告されていた。治療薬がない現在、入院と治療に要する期間は人それぞれで一定ではなく、左右するのは体力や抵抗力というより、各人が有する遺伝的なものに起因するのではないかという説が有力視されている。

「恐ろしいウイルスですね」

眉根を寄せて貝原がつぶやく。

「先生。アグリシステムさんと開発した人工肉が完成しそうなんです」

粘り強く紗英が話しかけた。「試してごらんになりませんか」

返事はない——と思ったとき、

「なに……？」

やけにはっきりした並木の声がこたえ、ドクターも驚いた顔になる。そればかりか、並木の顔がかすかに傾げられ、焦点の合わない視線が紗英に向けられたのは間もなくのことであった。

「マンモス味の、人工肉です——！」

並木の耳元で、紗英がひと言ずつ明瞭《めいりょう》に発声した。

「マンモス……」

並木の唇から繰り返し言葉が洩《も》れた。「マンモス……それは食べない方が、いい」

「人工肉なんです。先生が開発に協力されたんですよ」

紗英の声が脳に届いたのか、わからない。

しばしの沈黙の後、

「うまいか」

並木がきいた。

「コミュニケーションが取れましたね」

ドクターが瞠目《どうもく》する。「感染されて以来、最大の成果です」

しかし、そこまでであった。

紗英が何をいっても並木の反応はなくなり、ただ茫然《ぼうぜん》とそこに横たわるのみだ。

「先生、容態は改善するんでしょうか」

紗英の問いにドクターは俯き、

「来週からスバル製薬の新薬を試す予定でおります。『ボケトール』という、もともとは記憶力増進の薬ですが、その効果を期待しましょう」

そのとき、

「マンモス、ウイルス……」

ふたたび、並木のかすれた声がして、全員が振り向いた。

「先生、なんです？」

紗英が口元に耳を近づけると、

「ふる――」

また並木がつぶやくのが聞こえたが、そこから先は翔たちには聞き取れない。

ところが、紗英はその場で固まったようになり、並木の顔をじっと見下ろした。

「眉村先生、どうかしましたか」

不思議そうに貝原がきくと、

「あ、いえ――」

短く紗英がいい、並木を見つめたまま首を横に振った。

「そろそろ、よろしいでしょうか」

頃合いを見計らったドクターのひと言で、並木教授の見舞いは空振りに終わったかに見えた。

6

「紗英先生、どうかしたんですか」

翔がきいた。病院を後にしても紗英の表情がこわばったままだったからだ。「そういえばさっき、並木先生がなんとかっていってましたよね。フル――なんとか」

「フルサワっていったと思う」

少し青ざめた表情で紗英はいった。「――フルサワ、キョウイチ。私にはたしかに、そう聞こえた」

「知ってる方ですか」

京成大学に向かうクルマのハンドルを握りながら、貝原が問う。

「古沢恭一《ふるさわきょういち》は、並木先生と同じウイルス学者です」

「ウイルス学者。有名な先生ですか」

「いいえ」

紗英は首を横に振った。「若くして亡くなりましたから。もう二十年も前に。亡くなったとき、三十一歳でした」

「二十年前……」

物問いたげな眼差しを、貝原はルームミラー越しに向けた。「そんな前に亡くなられた学者のことを、眉村先生はご存じなんですね」

答えるまで少しの間が挟まり、

「父なんです」

という意外な返事があった。

「紗英先生のオヤジさん？」

翔が素《す》っ頓狂《とんきょう》な声を出した。「苗字《みょうじ》、違くね？」

「父が亡くなった後、私は母の旧姓に戻ったから。父は私が小学校の三年生のときに亡くなって、以来私はずっと母方の眉村姓で生きてきたんです」

紗英は、クルマの窓越しに流れていく光景に視線を投げた。

「そうだったんですか……。しかし、なんで眉村先生のお父さんの名前を、並木先生は口にされたんでしょう」

貝原の問いはもっともである。「並木先生と古沢さんの接点はあるんですか」

「帝国理科大学の、もうすでに亡くなられた武庫川《むこがわ》先生の研究室で、先輩と後輩の関係だったんです。並木先生が後輩で、私の父はその一年上です」

「並木先生は、古沢さんが眉村先生のお父さんだということはご存じなんですか」と貝原。

「もちろんです。ただ、いままで会話の中で父の話が出たことはありませんでした。先輩後輩といっても、当時の研究テーマは別で、あまり親しくはなかったと。なのになんでいま突然、父の名前を出したのか……」

「古沢先生の研究テーマは――」

「いまの並木先生と同じです。それこそシベリアにも行っていました」

「マンモスを研究していたと」

「ええ。ただ、研究資料は、父の死後散逸してしまったのか残ってないんです」

紗英は押し黙り、思索に浸る。

「だけどさ、並木先生がわざわざ紗英先生のオヤジさんの名前を出したってことは、なにか思い出したこととかあるんじゃないんすか？　もしかしたら、今回のウイルスがらみのこととか」

翔がいった。

「だとしても調べようがないんだ」

「資料が散逸したとおっしゃいましたが、何があったんです」

貝原が尋ねると、紗英はふいに遠くを見る目になった。

「詳しいことはわからないんです。父が亡くなったとき私はまだ小学生で、悲しむ暇もないまま引っ越しして、母とふたり下北沢《しもきたざわ》の安アパート暮らしが始まったんです」

それからの生活は、眉村紗英にとってまさに戦いであった。

「お父さんは立派な学者だった――それが母の口癖でした。でも、母は学者でもなんでもなかった。学校を出てすぐ父と結婚し、専業主婦として生きてきたひとで。立派な学者だといったところで、母は父の学者としての本分がどこにあるのかさえ、知らなかったんです」

紗英にとっては、あまり語りたくない過去かも知れない。それでも語ろうとするのは、並木教授と父親の関係に探るべき何かがあると考えたからだろう。

「ウチは父も母も頼れる身よりがいなかったんです。学者なんてお金はないし、それに加えて母は手に職がない。慌てて引っ越したのは、少しでも家賃の安い家に移り住む必要があったからでした。母は仕事を探しましたが、見つかったのは小さな会社の事務職で、しかもいつ切られるかわからない契約社員でした。それでも母のわずかな給金は、私たちの生活の大切な基盤だったんです。休みになると外食したり、遊びにいったりする友達が羨《うらや》ましかった」

俯いた紗英は、淋《さび》しげな笑みを浮かべた。

「私が高校生になってからはアルバイトをしながら家計を助けて、母とふたり細々と生きてきました。貧乏で何もなかったけど、私には夢もあった。父と同じ理学部に進み、ウイルス学を勉強して学者になりたい――。父と同じ帝国理科大学を目指したけれど、結局、優秀な学生には学費を免除し、奨学金をくれる京成大学の理学部を選んだんです。母を少しでも楽にさせたかったし、専門的な知識さえ身につければ、父をもっと身近に感じることができるはずだと思ったんですね。私は父のことが知りたかったんです」

「あの、失礼ですが。眉村先生のお父さんは病気で亡くなられたんでしょうか」

遠慮がちに貝原が問うと、「自殺したんです、父は」、という返事があった。

「ある日突然、大学の屋上から飛び降りた。なんのお別れもいわずに――」

重苦しい沈黙が、車内を満たした。

「それで、紗英先生は、オヤジさんのこと知ることできたんですか」

翔が問うと、

「父の発表した研究論文はすべて目を通して、正直、衝撃を受けた。母がいった通り、父は立派なウイルス学者で、私なんか足下にも及ばない優秀な人だった。それがわかっただけでも、この道に進んだ価値はあると思う」

「そうか……よかったですね」

翔にしてはしんみりとした口調になり、ふと考え込む。後の言葉を継いだのは、貝原だった。

「そのお父さんの名前を並木先生が口にしたと――」

「たしかに、亡くなる前の数年、父はマンモスに取り憑《つ》かれていたんです。でも結局、その研究テーマは形にはならず、父の名は忘れられました。ひとつでも論文がまとまっていれば、そうはならなかったかも知れないのに」

「そうだったんですか……」

貝原が気の毒そうに眉根を寄せると、息苦しいような沈黙が落ちた。

「その頃の資料って、ホントに何も残ってないんですか、紗英先生」

翔がきいたのは、京成大の研究室に戻ってからだった。

「いまあるのは、この写真くらいかな」

紗英が自分のデスクに置いていたのは、一枚の集合写真であった。研究室の学生と大学院生、そして助手ら二十人ほどが写ったものだ。最前列中央の白髪のふっくら顔が、武庫川教授その人らしい。

「これが父です」

紗英が指さしたのは、最後尾の右端にいる、細面の生真面目そうな男であった。顔の輪郭がどこか紗英と似ている。気のせいか、カメラに向けられている知的な眼差しには憂いの欠片《かけら》が浮かんでいるようにも見えた。

「これは亡くなるどれぐらい前の写真ですか」貝原が問う。

「写真の日付けからすると、三ヶ月ほど前です」

であればこのときすでに、古沢恭一は何らかの困難に直面していたのではないか。

「本当に、ご愁傷様《しゅうしょうさま》です」

貝原がお悔やみをいったとき、

「あれ、これ並木教授じゃね？」

集合写真の後列に、並木又次郎らしき顔を見つけて翔がいった。「えらく若いな」

若き日の並木は、二十年後にはハゲ上がる運命にある髪にもまだ余力がある。

さらに、

「あれっ」

とまた翔が声を上げて写真を覗《のぞ》き込んだ。

「どうかしたんですか、翔ちゃん」

「もうひとり、オレらが知ってるオッサンが写ってるぜ、ほら」

写真の一カ所を指で示す。

「たしかに、どこかで見たような……」

貝原が首を傾げた。

「これ、根尻先生じゃねえか？　東京感染研究所の」

「まさか」

紗英も驚いて写真を覗き込む。

「似てるけど髪型が違いすぎますよ、翔ちゃん」

貝原の言うとおりであった。いまの根尻は、たてがみのような白髪の、マッド・サイエンティスト風である。一方、写真の男はひょろりとした雰囲気で、長くした髪を両側に垂らしたジョン・レノン風であった。

「根尻先生は、この武庫川先生と関係があったんですか？」

「わかりません」

貝原の問いに、紗英は怪《け》訝《げん》な表情のまま首を横に振る。「そもそも、根尻先生は東西大学出身だし、なんで……」

「本人かどうか、いっぺんきいてみりゃいいじゃん」

翔がいった。「紗英先生、対策チームで根尻先生と会ってるんですよね」

「まあ、それはそうだけど……」

7

「並木君が、古沢恭一の名を……」

これまでの経緯を聞いた根尻は、ぼさぼさの白髪に指を入れたまましばし呆然《ぼうぜん》とした。

官邸で開かれた感染対策チームの会議後のことである。

「根尻先生は武庫川先生とどういうご関係なんですか」貝原がきいた。

「大学は違うが、一時期武庫川先生のお声がけでオブザーバー的に研究室に出入りしていたことがあるんだ」

根尻の話は、意外であった。

「残念ながら、古沢君とは個人的に会うほどには親しくはなかったがね」

そういうや改めて紗英を眺めやる。「彼のことはいまのいままで忘れていたが、眉村君があの古沢君の娘さんだとは驚きだ」

「父のことで、もし覚えていらっしゃることがあれば教えていただけませんか」

紗英にいわれ、

「優秀な男だったよ。優秀な男だったんだが――」

根尻は少々言いにくそうに続ける。「残念なことに武庫川先生とはウマが合わなかった。そのため、なかなかポストに恵まれなかったんだ。後輩の並木君の方がよほど武庫川先生にかわいがられていたと思う」

根尻の証言を、紗英は冷静に受け止めた。どんな話だろうと、父親に関することなら知りたい――そう思っているからだろう。

「それには、何か理由があったんでしょうか」

「もしかすると古沢君は優秀過ぎたのかも知れんな。いや、別に君が娘さんだからそういってるわけではないよ」

根尻は少し慌てたようにひと言付け加えてから続ける。「私の記憶では、武庫川先生と古沢君は、よく議論していたな。いや、議論などという生っちょろいもんじゃない。ときに殴り合いになるのではないかと心配になることもあったぐらいだ。通常なら、指導教授の意見に反論したりしないものだが、古沢君は違った。間違っていると思ったら真っ向、反論する。たいした論客で、あろうことか武庫川先生が論戦で負かされるんだ。しかも学生たちの前だったりしたもんだから、武庫川先生は結構根に持っていてね」

「随分小物だな、その武庫川ってオッサンは」

一緒にいた翔が呆《あき》れた。

「学者の世界なんて、そんなもんさ」

根尻は肩をすくめ、「自分のことを棚に上げていうようだが、所詮《しょせん》、専門バカというか、私も含め、実社会で揉《も》まれたことのない了見の狭い人間たちばかりだからね」

そう嘆いてみせた。

「話を戻しますが、並木先生が古沢さんの名前を出した理由、先生は思い当たりますか」

貝原が問うと、

「さあ、どうかな。見当も付かないね。ただふたりはライバル同士だったな」

「ライバル？」

意外な話だったのか、紗英の目は見開かれていた。「父と並木先生が――」

「そうだよ。鎬《しのぎ》を削るライバル同士だったと記憶している。ただ、私の見たところ、学者としては古沢君の方が、並木君より遥《はる》かに優秀だった。だからといって、待遇に恵まれるかといえば、そうじゃないところがこの世界だがね」

「そんな話は初めて聞きました」

「おや、そうだったのか」

紗英の反応に、根尻は驚いた顔をした。「余計なことをいってしまったかも知れないな。眉村君の役に立つかどうかはわからないが、もしかすると、うちに当時の資料が残してあるかもしれない。探してみようか」

紗英にとって、それは望外の申し出に違いない。

「どんなものが出てくるかはわからないが、見つかったら連絡するよ」

「ぜひ、お願いします」

紗英は深々と頭を下げた。

根尻から、当時の資料を見つけたと興奮気味に知らせがあったのは、その二日後のことである。

8

根尻が自宅書庫で発見したのは、手作りの会報誌であった。目次に、研究室メンバーの名前と研究テーマが紹介され、後ろに簡単なシノプシスが収録されている。

「『サハ共和国における新ウイルス起源』、ですか」

貝原は読み上げた後もしばらくその文字列を見つめ、やがて顔を上げたとき、そこにはかすかな戸惑いが浮かんでいた。

東京感染研究所内にある根尻の研究室である。

「サハ共和国における……。この前、イワノフ教授から聞いたウイルス感染事件のことなんじゃないでしょうか。村人が大勢感染して死者が出たという。古沢さんはそれについて研究なさってたんですか」

「私も初めて知って驚きました。ここに書いてあるぐらいですから、それをテーマにしていたのは事実でしょう」

紗英の口調にはかすかな興奮が入り交じっていた。「この論文に取り組む以前の父は、動物を宿主《やどぬし》にしたウイルス研究をテーマにしていくつかの論文を書いていますけど、サハ共和国とか永久凍土に関するものはないんです」

「並木教授は、ヘンな論文書いてるぜ」

翔が見つけた。『桃太郎に見るウイルス構造。サル、イヌ、キジにまつわるウイルス疑惑』だと。なんかアヤシげな論文だな。何の役に立つんだ」

「学問は何かの役に立つかどうかで価値を測るものじゃないよ、武藤くん」

師匠の論文をバカにされて、紗英はたしなめるようにいった。「私たち人間は、この世界のほんのわずかなことしか知らない。いまだ隠された自然の真理を追い求めることこそ、学問の真の目的だから」

「そりゃあ失礼しました。世の中いろんな奴がいるけど、ウイルスが大好きっていうのも、どっちかというと変人だよね。あ、すみません」

紗英に睨まれて首をすくめた翔であったが、そのとき、

「実は私もこの会報誌を見て思い出したことがある」

おもむろに口を開いたのは根尻であった。「シベリアの冷凍マンモスから古代のウイルスが蘇《よみがえ》り、ヒトに感染する——どこかで聞いたことがあると思ったんだが、この古沢君の研究で知ったんだった。私は招かれて中間発表の場にいたんだが、荒唐無稽《こうとうむけい》だといって激怒した武庫川先生と古沢君が大議論になってね」

「その論文に武庫川先生が激怒した理由ってなんなんです」翔が尋ねる。

「当時の常識として、冷凍マンモスから古代のウイルスが蘇るなんて話、SFだと思われていたわけだ。マンモスの学者ですら、笑い飛ばしただろう。さらに、証明するにも問題があった。と

いうのも、シベリアでの集団感染は当時の政府によって隠蔽《いんぺい》されたに違いないからだ。だが、いまこの研究を笑う者は誰もいないだろう」

「でも、論文は完成しなかった――」

つぶやくようにひとりごちた紗英に、

「いまこの研究を引き継いでいるのは、並木君だ」

根尻がいった。「推測だが、並木君は、古沢君が集めたもっと詳しい資料を持っているのかも知れん。だから、マンモスと聞いて古沢恭一の名前を口にしたとは考えられないか」

「たしかに」

貝原がうなずいた。「一度、並木先生の蔵書や資料を探してみてはいかがでしょうか、眉村先生。微力ながらこの貝原もお手伝いさせていただきます」

「ありがとうございます」

礼を口にした紗英の目は何かを決意したように見開かれていた。「並木研究室には、私も目にしたことのない資料が膨大にあります。こうして根尻先生の資料が見つかったぐらいですから、探せばなにか見つかる可能性はあると思います」

「だったらそれを探すしかない」

翔が、ぱんと手のひらを打った。「やりますか」

「たしかに残された資料がこれだけということはないだろうな」

根尻も同調していった。「同じ研究室に在籍していて歳も近かったんだから、纏《まと》まっていない形の資料を、並木君が持っている可能性はあるだろう。当時はライバル同士だったが、少なくともいまの彼の研究には参考になるだろうからね」

根尻の前を辞去して、京成大学へ向かう車中、三人の口は重かった。それぞれに考えることがあったからだが、その沈黙を破ったのは翔である。

「だけど、おかしくね？」

貝原が運転するクルマは中央区内にある東京感染研究所を出て、有楽町を抜けようとするところである。

「二十年前に紗英先生のオヤジさんがやってた研究を、なんで並木先生がやってるんだろう」

「並木先生がマンモスをやりはじめたのは比較的最近なんだよ。五年ぐらい前じゃないかな」

紗英は、車窓にぼんやりと視線を投げている。午後二時を回って、外気温は三十五度の猛暑になっていた。

「それまでの研究テーマはなんだったんですか」貝原がきいた。

「コウモリを宿主にしているウイルスの研究」

紗英がこたえる。

「紗英先生のオヤジさんの研究テーマに乗り換えた理由ってあんのかな」と翔。

「もしかすると、グリーンアスパラと関係してるかも知れない」

「グリーンアスパラに、ですか」

貝原が戸惑うようにきいた。「どうリンクするんです」

「並木先生はフィールド調査を得意としている方ですが、それまで調査対象としていたザイールやコンゴが政情不安で、コウモリ研究の方が行き詰まったんです。そのときにグリーンアスパラに参加している学者仲間にいわれて、地球温暖化に絡《から》む研究なら研究費が出ることに気づいたんじゃないでしょうか。マンモスのウイルスが蘇ったのは、地球温暖化と密接に結びついてるわけで、この研究を進めることは同時に地球温暖化への警鐘にもなる。そこを狙ったのかも知れません」

「とかいっちゃって、並木先生は紗英先生のオヤジさんの研究テーマを横取りしたんじゃないの？」

率直な物言いであったが、紗英は否定しなかった。

「かも知れない。父の論文は未完成のまま埋もれてしまったし、後からならなんとでも言える。だけど、もしそうなら――」

紗英は言葉を飲み込み、小さく深呼吸した。「父の研究をきちんと再評価して欲しかった」

「並木先生が、古沢さんの研究について言及されたことは――」貝原が問うた。

「ありません」

紗英は首を横に振る。

「ライバルから、手柄の横取りですか」

貝原にしては珍しく、冷たい怒りを孕《はら》んだひと言が出た。「感心しませんね。フェアじゃないと思います」

場に湿っぽい沈黙が落ちた。その静けさを破ったのは、

「デモです、翔ちゃん」

という貝原のひと言であった。ちょうど桜田門《さくらだもん》に差し掛かる手前のところである。

見ると、様々な横断幕やプラカードを掲げた人たちが、車道を歩いていた。かなりの数だ。同じ速度で警察車両が伴走し、不測の事態に備えている。信号が青になっても警察によって車道は止められたままだ。

「こりゃなんのデモだ？」

「政府への抗議デモですよ。半分は言いがかりみたいなもんですけどね」貝原は鼻の辺りに皺《しわ》を寄せている。

「言いがかり？」翔がきいた。

「陰謀論ですよ」

「なんなんですか、それ」

貝原に尋ねたのは紗英である。

「いま日本社会はほんの一部の変態的な政治家に牛耳《ぎゅうじ》られていて、ウイルスは一般庶民を犠牲にした人体実験だと彼らは主張してるんです」

おそらくはネットに流布するその手のニュースとは無縁の紗英に、貝原が説明する。「その政治家たちは東京の地下にある秘密結社の本部に夜な夜な集まって美女たちとの野球拳《けん》に耽《ふけ》り、国益を無視して海外の敵対勢力と世界制覇を目論《もくろ》んでいる——とこれが陰謀論です」

「お前、そんなことしてんのか、貝原」と翔。

「なわけないでしょう。でも彼らのいう政治家というのは、他ならぬ武藤総理はじめ民政党の議員たちなんです。いまのご時世、そういう根も葉もない噂を信じる人たちが大勢いるんですよ。自分たちがそういう変態政治家によって虐げられていると信じていて、貧困や失業も全て政治のせいだと思い込んでるんです。彼らはいまアノックスという陰謀論者として存在感を増してきてるんです」

「さすがにウチのオヤジも、そこまでは腐ってねえと思うけどな」

「もちろんです」

貝原も強く同意した。「結局、この連中は陰謀論を信じることで自分探しをしているようなものなんですよ。問題は、最初些《さ》細《さい》な都市伝説やオカルトを語るネットの一派にすぎなかったアノックスが急激に勢力を増し、現実にここまで増殖したことでしょう。そしてさらに問題なのは――」

貝原が車窓を埋め尽くした幟《のぼり》の軍団を見つめた。「彼らは、その陰謀論を本気で信じているということです」

「マジか」

さすがの翔も唖《あ》然《ぜん》とした。「遊びでやってんじゃねえの？」

貝原は真顔で首を横に振る。

「アノックスは、緊急事態宣言も政治家による陰謀だと主張しています。彼らにとって、武藤泰山は諸悪の根源そのものなんです」

「ひでえな。それにしても、貝原」

翔が、しみじみといった。「日本て、前からこんな国だっけか」

「日本だけが変わったんじゃないと思う。世界中が、急速な勢いで変わってきてるんじゃない？」

そういったのは、紗英であった。前方のデモ隊に視線を向けた横顔はどこか戦場に向かう凛々《りり》しさのようなものを湛《たた》えている。

「なんで、この人たちが、そんな陰謀論を信じてしまうのか。私たちが目を背けることなく踏み込まなきゃいけないと思う。逃げていても、ますます分断が深まるだけだよ」

「眉村先生のおっしゃる通りだと思います」

貝原は決然といった。「いまこそ、政治を語るときなんです」

「泰さん、陰謀論者たちのデモがこっちに近づいてきたそうです。かなり荒れてるらしいですよ」

ノックとともに告げた狩屋に、官邸の執務室にいた泰山は、顔を上げた。

「またか」

午後三時過ぎである。「どのくらいの規模なんだ」

「公安当局からは千人ほどいると。こっちに向かっているそうです」

「外は何度だ、カリヤン」

「三十五度近くあると思います」

「ご苦労なことだな」

泰山はいった。「それでもその連中は集まった。それはそれでひとつの民意だな」

「そういったところで、所詮は陰謀論者ですよ、泰さん」

「そうだな」

泰山は落ち着いていた。

「ちょっと、見てみますか。いまちょうどテレビでやっているようです」

テレビに様々な格好をしたデモ参加者が映し出された。一見サラリーマン風の男女から奇抜な格好をして腕や脚にタトゥーを入れた若者たち。そういう連中がプラカードを掲げ、怒りの声を発して練り歩く様は、少し前までの日本では考えられない光景なのかも知れなかった。

〝政府の陰謀を許すな〟、〝亡国のエリートを殺せ〟、〝ウイルス人体実験〟――。

プラカードや横断幕に書かれたフレーズはどれも荒唐無稽で、過激だ。

「なあ、カリヤン」

泰山は大儀そうに官房長官に問うた。「どうすれば、こういう連中の目を覚ますことができるんだ？」

「さあ。見当もつきません」

狩屋は返答に窮して首を左右に振った。「幽霊を信じたり、恐竜の生き残りがいると信じたりする連中とさほど変わらないと思いますけどね」

「こんなにも急速に信奉者を増やして、ここまでの抗議デモを繰り広げる。なぜだ？」

素朴な疑問を口にしたが、それは狩屋にというより自分に向けた独り言のようでもあった。

「もはやオレたちはこれも民意として受け止めるべきじゃないのか」

「少なくとも、いまは違いますよ、泰さん」

狩屋はいつになく冷静であった。「そのうちアノックスの勢力が拡大して、無視できないぐらいになったとしたら民意といえるかも知れません。ですが、暴力に訴えるようなことがあれば、ただの暴徒に過ぎません。断固たる措置を取るべきです」

「かもな」

泰山はじっとテレビの画面を見つめている。「見てみろ、こんな子供までいる。主婦らしき人たちも。主張はどうあれ、この連中をひとくくりに切り捨てていいんだろうか」

「情けは禁物ですよ、泰さん」

厳しい眼差しで狩屋はクギを刺した。「日本の民主主義を守るために、断固たる措置を取らなきゃならないときもある。いまがそうかも知れません」

泰山は静かに考えたまま、こたえなかった。

9

「さてと、どっから行きますか、紗英先生」

京成大学の並木研究室に戻った翔は、雑然たる研究室を見回した。

標本が並ぶ棚は別として、壁際にずらりとキャビネットが並び、床には乱雑に積み上げられた雑誌が山となっている。

「鍵《かぎ》のかかってないキャビネットは、私が管理を任されているから除外してもいいと思う」

「古沢さんの研究資料があればもっと前に気づいたはずだということですね」

と貝原。「鍵のかかっているキャビネットがいくつかあるようですが」

「それが並木先生が自分で管理していたものです」

「アヤシイな」翔がいった。

「鍵はあるんですか、先生」

きいた貝原に、

「持ち歩いてはいないと思います。この部屋のどこかにあるはずなんだけど」

紗英は部屋の中を見回した。

手分けしての捜索が始まった。

並木のデスク内を捜し、ロッカー内をくまなく見たが見つからない。念のため、事務局に問い合わせたが、キャビネット類の鍵は個別の研究室で管理しているとのことであった。

一時間以上も捜しただろうか、

「やっぱ入院中の並木先生のカバンに入ってんじゃね？」

そんなことを翔がいったとき、貝原が、あるものに目を留めた。本棚にある一冊の洋書だ。

「翔ちゃん、これ」

本を手渡された翔は、「おっ」、と思わず声を出した。「なんだこの本。木でできてんじゃん」

「辞書型金庫ってやつですよ」

貝原が振ってみると、中でがらがら音がした。「暗証番号がついてます。三桁《けた》か」

ふたりして紗英を振り向く。

「――九一九。並木先生の誕生日」

紗英がいった。

貝原がダイヤルを合わせる。

「ブー」と翔。開かなかった。

幸いなことに古風なダイヤル式で、何度間違えても問題ない。

「じゃあ、研究室の番号、三〇七」

「ダメです」と貝原。

紗英からいくつか番号が出てきたが、結局、うまくいかなかった。

「ゼロゼロゼロから順番に入れるしかないかな」

といったのは紗英だ。「千通りしかない。一時間もかからないよ」

「貝原、頼む」

翔にいわれ、渋々貝原がやりはじめた。地道な仕事だが、確実に終わりは来る――と思ったが、これがなかなか来なかった。

ついに八百番台も後半になり、

「お前、数字飛ばしてねえか」

翔が疑わしげに貝原を見る。

「だったら、翔ちゃん代わりにやってくださいよ」

「オレにそんな単純作業をしろってのかよ」

「適任だと思いますが」

翔に睨まれ、貝原は仕方なく作業を継続するのだが、一向にロックは解除できない。

「ダメだ。もう九九五まで来ましたよ。九九六、九九七、九九八――せっかく苦労してやったのに」

貝原は泣きそうである。「――九九九」

カチッという音とともに金庫は開いた。

「惜しかったな貝原、九九九からやれば一発で開いたのにな」

「どうせそういう運命なんですよ、私は」

貝原がすねるのを無視して、翔は中のビニール袋に入っているスペアキーを顔の前でぶら下げてみる。

そこから先は、ものの三十分とかからなかった。並木が管理していたキャビネットの全てが開けられ、そのうちのひとつから古い研究資料のひと塊を発見したのである。

「まさか、こんな身近なところにあったなんて」

紗英のつぶやきには、この書類を紗英に伏せていた並木への不信も滲《にじ》んでいる。

フィールド調査の詳細な記録は大学ノート数十冊分にも及んでいた。印がつけられた地図や写真、スケッチそして論文の草稿と思われるものも多く含まれている。すべて手書きで、コピーの類《たぐ》いはないオリジナルである。

「紗英先生のオヤジさんが亡くなったとき、書類は散逸したっていいましたよね」

翔がいった。「本当はそうじゃなくて、並木先生がこっそり隠し持ってたんじゃないんですか」

紗英からの返事はない。

「この書類は本来、眉村先生が引き継ぐべきものだと思います」

貝原がいった。「それを並木教授は黙って自分のものにしていた。眉村先生、おそらく、あなたに見せたくない何らかの事情があったんでしょう。推測するにそれは、自分の研究のオリジナリティに関することのような気がします」

紗英は、父親の自筆でびっしりと埋まったノートを愛《いと》おしげに手に取っている。ページをめくりながら涙を堪《たた》えている姿をみて、貝原が小さく咳《せき》払いして席を外した。

その後について場を離れた翔は、

「学者の世界ってのは、政治家の世界とさして変わりゃしねえな」

紗英に聞こえないように小声でいった。「結局、紗英先生のオヤジさんみたいな真面目な研究者がバカをみることになっちまうんだ。並木って先生も、相当汚えぜ」

「同感です——あ、失礼」

貝原のスマホが鳴りだしたのは、そのときであった。その顔面からみるみる血の気が引いていく。

「どうした、貝原。何かあったのか」

貝原の青ざめた横顔に翔がきいた。ただならぬ予感に、いつにない胸騒ぎを覚えたのだ。

「陰謀論者たちのデモが暴徒化して、あろうことか官邸に乱入したようです。先生が危ない」

「なんだと」

翔の腹の底で、ひんやりとした塊が膨らんでいく。

「翔ちゃん、私はここで失礼します。官邸に戻らないと」

「まて、貝原。オレも行く」

「ダメです」

このときばかりは、毅然《きぜん》として貝原は制した。「いま行っては危ない。翔ちゃんに万が一のことがあれば、先生に顔向けできません。それより――」

奥のテーブルで肩を震わせている紗英を、貝原は指した。「眉村先生のそばにいてあげてください」

そういうなり、貝原は研究室を飛び出していった。

第六章　官邸襲撃事件

1

傾《なだ》れ込んだデモ隊は、あっという間に一階を占拠し、二階への階段を駆け上がろうとしていた。

警備の警官隊が立ちはだかり、何とか押し止《とど》めている状態だが、いかんせん多勢に無勢である。

この分では、上階にある執務室が陥落するのは時間の問題と思われた。

「屋上のヘリポートにヘリを呼んでおります。総理、避難してください」

SPにいわれた泰山だが、「オレは逃げも隠れもせん」、と動かなかった。

「ど、どうするつもりです、泰さん」

狩屋の瞳《ひとみ》が揺れている。

「彼らと直接話をさせてくれ。何らかの主張があってここに来たんだろう。ならばそれを聞こう。逃げていては埒《らち》が明かん」

「いけません、総理」

頑《かたく》なに止めたのはＳＰたちだ。耳のインターコムには、階下での警備と暴徒らとの攻防が刻々と入っている。

「すぐに屋上に上がってください。命の危険があります。官房長官も」

「泰さん、行きましょう。この国のことを考えてください。泰さんに万が一のことがあったら、誰が国政を担うんですか」

そこまでいわれ、渋々泰山も腰を上げた。

廊下の端で叫び声が上がったのは、屈強なＳＰに囲まれて執務室から出たときである。

最上階のフロアにまで、暴徒たちの一部が到達しようとしていた。

先頭で警備員と揉《も》み合っている男に殺気が漂い、その腕が一閃《いっせん》されたかと思うと、背後にいた暴徒たちが一斉に警官たちのバリケードになだれ込む。

不意を打たれて隙が出来、背後に潜んでいた男が数人、警備を突破して泰山の方に転がり込んできた。

手に棍棒《こんぼう》を握りしめた男の目は、すでに泰山の姿を捉《とら》えている。

「いたぞ！」

叫ぶや、突進してきた。

「た、泰さん――！」

狩屋が叫んだとき、骨の砕ける鈍い音とともに男の体がフロアに叩《たた》きつけられた。

「総理、お怪我《けが》はありませんか」

疾風のように現れた新田は、泰山の無事を確認すると、続いて現れた暴徒たちを手にした警棒で次々になぎ倒していく。その手際と鋭い踏み込み、圧巻の気合いは棒術の達人のなせる技に違いなかった。

「こちらへ」

その新田に誘導され、屋上に逃れると、泰山らを乗せたヘリは鋭い羽音《はおと》とともにかすかに尾翼を上げ、上昇していく。

黒だかりの群衆と警察車両の入り乱れた永田町《ながたちょう》の光景が見えた。

白煙が上がっているのは催涙ガスだろうか。

「なんてこった」

泰山はつぶやき、きつく唇を噛《か》んだ。そして無念そうに瞑目《めいもく》する。

日本憲政史上、前代未聞の事態である。

この日、逮捕された暴徒は、八十人を超えた。

怪我人は、デモ参加者、警察関係を含め百人以上。

それはまさに日本の民主主義を揺るがす大事件であった。

2

「デモ隊が首相官邸を襲撃するやなんて、前代未聞やで」

この日の夜、緊急記者会見を開いた小中の舌鋒《ぜっぽう》は鋭かった。「これは民主主義への挑戦や。我々の社会規範を踏みにじり、土足で踏み込む。いくらなんでもこんな行為は決して許されるもんやない」

「小中にしては、まともなことといってるじゃないか」

テレビの中継を見ていた泰山がいったとき、「そやけどな、デモ隊に加わった人たちの不満はある意味、必然や」、と小中はたちまち話の方向性を変えた。

「彼らにも我慢できんくらいの怒りや悲しみがあったんや。それを作ったのは政府やで。ウイルス対策と称して政府が我々に要求してきたのは我慢だけやないか。なけなしの補償だけして、後はいつ終わるともしれん忍耐を強《し》いる。こうなったら最初に切り捨てられるのは非正規雇用の弱者や。そうした人たちの不満のはけ口が、今回の官邸襲撃につながったんちゃうか。たしかにデモ隊も悪い。そやけど、もっと根本のところには、武藤泰山という暴君の出現と、強圧的な政治が病巣として存在してたんや。武藤内閣は、今回の責任取って総辞職すべきやで」

「詭弁《きべん》ですよ、泰さん。都知事が暴力を正当化するなんて」

狩屋が顔をしかめた。「世間の受け止め方はどうなの、貝原くん」

「残念ながら、賛同多数といったところでしょうか」

ネットの反応を調べた貝原が答え、狩屋を啞然《あぜん》とさせた。

「全《まっと》うな理屈は通用しません」

貝原は冷静に断じた。「いまの世の中で先生は、緊急事態宣言を発出して厳しいことばかりいう嫌われ者なんです」

　泰山にじろりと睨《にら》まれたが、こういうときの貝原は度胸が据わっている。「世論が攻撃する相手として、先生はまさに最適です。強大で、権力がある。一方、小中寿太郎は自分たちの味方だと定義されている。一旦《いったん》定着したこの構造をひっくり返すのは容易ではありません。これは定義の問題なんです」

「でも、あの人はただのバカだよ、貝原くん」と狩屋。

「その通りです。ここが肝心なところですが、小中寿太郎に人気があるのは、じつは武藤泰山に対する嫌悪や敵意と対極にあると位置づけられているからです。でも、もし武藤泰山という敵がいなくなったら、もしかすると次は小中自身が敵にされるかも知れません。些末《さまつ》なことを取り上げ、ワイドショーではやし立て、週刊誌が書き立てる。いまの社会は、バッシングする相手を常に探しています。そしてひとたびその対象となると、相手が倒れるまで徹底的に叩く。容赦なく。いまは残念ながら、先生がその対象とされているんです」

「だったらどうすればいいわけ？」

　狩屋が問うた。「君は風向きを読む天才だろ。どうすれば、泰さんの人気が回復して、内閣の支持率が上がるんだい。我々、何も間違ったことしてないと思うんだけど」

　それは狩屋の本音であったし、事実でもあった。

「明確な答えはありません」

　貝原の答えは、狩屋にとって期待外れだったかも知れない。「もしあるとすれば、評判を覆《くつがえ》し、名誉挽回《ばんかい》できるタイミングを待つことではないでしょうか。それはいつ来るかわかりません。来ないかも知れない。でも、いまはそれを信じて待つしかない。雌伏《しふく》のときなんです」

それはまるで、泰山や狩屋だけではなく、貝原自身に言い含めるような言葉であった。

3

質問に立っているのは、憲民党党首の蔵本志郎であった。

「首相官邸が暴徒に襲撃されるなど、民主国家として空前絶後、言語道断の事態を招いた責任をどう感じていらっしゃるのか、それをお聞かせねがえますか、総理」

憎たらしい鷲鼻《わしばな》のあたりをさすりながら、蔵本は唇に薄笑いを浮かべている。

泰山が答弁に立った。

「いかなる理由があろうとも、暴力を正当化するわけには参りません。法に基づき、厳正に対処して参りたいと考えております」

すると、

「そういうことを聞いてるんじゃありませんよ、総理」

蔵本はすぐさま反論をしかけてきた。「民衆を駆り立てたのは、あなたの政策が生み出した行き場のない怒りじゃないですか。実際にデモに参加した人はこういってます。『武藤政権の過剰なウイルス対策により仕事を奪われ、明日食べるものもない。自分のような非正規社員が切り捨てられる政策に我慢ならなかった』と。彼らだって好き好んでデモに加わったんじゃない。生きる術《すべ》を失っている人が、大勢いるんです。彼らのことを顧みず、そんな状況を生み出した政府の責任は極めて重いと多くの国民が思っているはずです。それについてどうお考えなのかをお伺いしているんです」

「官邸を襲撃した事件と、そうした経済対策は分けて考えるべきではないでしょうか」

泰山は答えた。「あなたはあたかもウイルス対策が悪いから官邸襲撃が起きたのだと主張されたいようですが、それは論理のすり替えに他なりません。そもそも、弱者救済のために、こうして臨時国会を開いて法整備に取りかかっているわけですから」

「その法整備も遅すぎるから弱者切り捨てだと批判されてるんですよ、総理。まるで他人事だ」

蔵本が真っ直ぐに指を突き出した。「国民の苦しみをどうして理解されないんですか。民意とかけ離れた政治の現状こそ根源的な問題に他なりません」

そうだ、という力強い掛け声と拍手が湧《わ》いた。「いま一度、民意を問い、国民の総意に基づく対策を取るべきではありませんか」

そうだ、とまた掛け声がかかる。

拍手。

なにをバカなことをいってるんだ——。

泰山はあきれかえった。ウイルスがどんどんまん延していく疫禍の中で、解散総選挙などあり得ないではないか。

「先の選挙で、民意はすでに得ております」

野党側からヤジが飛んだが、泰山は無視した。「いまはウイルスの感染拡大を防ぐことが最優先の課題であります。この状況で緊急事態宣言を解除すれば、さらに感染者が拡大することは想像に難くありません。あなた方の意見こそ、目先しか見ない無責任なものに聞こえますがいかがでしょうか」

ヤジが怒号に変わった。

その混沌《こんとん》と喧噪《けんそう》の中、再びマイクの前に立つ蔵本は、ここぞとばかり額に青筋を浮かべ、ツバを飛ばしてがなりたてた。

「形ばかりの救済で弱者切り捨てですか、総理！　あなたの求めた自粛によって、追い詰められている人々を見捨てるということですか。それがあなたの政治信条ですか、政府の総意ですか。もしそうなら、我々憲民党は、国民のため、弱者のため、断固として反対します！」

そうだ、という声の連呼に拍手。正義は我にありといわんばかりに、蔵本は颯爽《さっそう》と胸を張って質問を終えた。

「全く勘違いされているようですが、国民を見捨てることはありません」

泰山の発言は、口から出たとたんにヤジと怒号にかき消されて切れ切れになる。「このウイルス措置法によって、休業補償や補助金、各種給付金を準備して、生活に困窮する世帯に届くよう配慮しております。それでも弱者切り捨てでしょうか。国民の皆さんにはぜひ冷静に、また賢明に判断していただきたいと思います」

言葉が上滑りしていくような感覚を、泰山は感じた。

いまこの段階で、泰山の発言を快く受け止める国民は圧倒的少数派だろう。そして大多数の国民は、厳しい締め付けを嫌い、緊急事態宣言で自粛ばかり要請する政府に嫌気がさしている。感情的になり、泰山の政策をひたすら批判することだけを目的とするソーシャル・メディアのコメント。そうした潮流に乗って批判的な論調で煽《あお》る、視聴率ありきのテレビ局。すべてが泰山の敵であった。

政策は正しいはずなのに、世の中は〝気分〟で流されていく。

果たしてそれが世論なのだろうか。

国会の怒号は、まさに日本国中から浴びせかけられているかのようであった。

「貝原、ネットの反応はどうだ」

議場を後にしてから、泰山は真っ先に問うた。

「残念ながら」

遠慮がちに、貝原はいった。「一億総野党状態です」

そうか、とだけ答える。

どれだけ誠意を持って説明しようと、国民には届かない。

何をいっても否定され、揚げ足を取られ、そして批判の材料にされる。袋だたきだ。

「せっかくウイルス探知犬でポイントを稼いだっていうのにな……」

「残念です」

官邸襲撃事件のインパクトは、斬新《ざんしん》なウイルス対策など吹き飛ばすほど大きかった。

世の中はアンチ武藤内閣へと、地滑り的に傾いている。

その流れが決定的になったのが、翌朝発表されたテレビ局の世論調査であった。

4

「泰山、大丈夫か」

その日の朝、所用で民政党本部に立ち寄った泰山のもとに血相を変えて現れたのは城山である。

「こんな支持率じゃあ、もたんぞ。早く緊急事態宣言を解除するなりせんか」

支持率三十五パーセント、というのがその日の結果であった。一方、不支持率は四十パーセント。危険水域の支持率三十パーセントが目前に迫っている。

「いま解除したら、ウイルス対策は元の木阿《もくあ》弥《み》です、オヤジ」

「元の木阿弥だろうとなんだろうと、支持率ありきだろうが。わが民政党の支持率だってつられて暴落中だ。なんとかせい」

「承知しております」

泰山は真っ直ぐ前を向いたままいった。「ですがオヤジ、もうしばらく我慢してください。必ず、国民の支持を取り返してみせますから」

不退転の決意を浮かべている泰山を、城山はじっと見据え、

「絶対だな」

そう念を押した。

「武藤泰山に二言はありません。政治生命を賭《と》して臨む覚悟です」

城山は何かいおうとしたものの、政治生命という泰山の言葉を聞いて思いとどまったようであった。

「お前がそこまでいうのなら、もはや何もいうまい」

城山はいった。「だがな、政治家は結果が全てだ。もし、これ以上国民の支持を失う事態になればそのときは潔く退陣だぞ」

「もとより、心得ております」

いま、泰山はふたつの敵と戦っている。

ウイルスと陰謀論だ。

泰山の支持率を下げるもとになったウイルス対策は、大枠では間違ってはいないものの、効果はいまひとつだ。原因はわからない。

そして、ここにきてウイルス以上に警戒せざるを得なくなったのは、民衆を惹《ひ》き付けつつある陰謀論者たちの動向であった。

いま日本にどれほどの陰謀論者がいるのか、はっきりしたことはわからない。

だが、かつてネット社会に潜み、根拠のない噂を無責任にタレ流していた連中がいまやおおっぴらにデモや集会を開き、暴力に及ぶ。官邸襲撃事件をきっかけに陰謀論者たちが勢いづいたのは、自分たちの暴力が貧困や政策の結果だという論調にすげ替えられ、免罪符を与えられたに等しいからであった。

故にネットにあふれる陰謀論者たちのコメントは、どんどん過激になっていた。彼らにとって自分たちは被害者であり、支配層の陰謀を暴き打撃を与える唯一の存在であり、正義に他ならない。

むろん、それは自分勝手な、歪《ゆが》んだ主張以外の何ものでもない。

さてその数日後、

「泰さん、また週末に大規模なデモが呼びかけられているそうです」

狩屋からの報告に、泰山が眉《まゆ》を顰《ひそ》めたのはそういうわけであった。

「陰謀論者の連中か」

「いや、今度はコラボみたいなもので」

狩屋は妙なことをいう。

「なんだそりゃ。陰謀論と宗教とか、そういう奴らの組み合わせか」

「いえ、そうじゃなくてですね、今週のデモを呼びかけたのは小中なんですよ」

「なんだと？」

小手先の人気取りに終始する小中は、ことあるごとに泰山への不信感を煽りに煽っている。先日のデモ隊の官邸突入についても、泰山を悪者に仕立てて不満がくすぶる世論を惹き付けていた。どれも詭弁だが、その歯に衣《きぬ》着せぬ舌鋒に、人気はうなぎ登りで、まさに大衆迎合そのものである。

「皆で直接声を上げようと煽ってるんです。小中の呼びかけにアノックスの室伏が賛同して、陰謀論の連中も参加することを表明したそうです。今週土曜日の九時に都庁前に集合してから、国会まで練り歩くとか」

「東京都知事が扇動してどうする」

「小中は人気取りのためならなんだってやるんですよ。いまや稀《き》代《たい》のポピュリストです」

狩屋は鼻にしわを寄せた。「警察の話だと一万人規模になる可能性があるそうで。対応をどうするか、桜田門でこれから会議が開かれるようです。私も今日の定例記者会見では冒頭で批判のコメントを出そうと思ってます」

「知事がそんな考えだから、感染者が減らないんだ」

泰山はいまいましげに舌打ちした。

「最後は国会議事堂前まで来て、重大発表をするそうですよ、泰さん。そうやってマスコミの関心を引こうっていう作戦だと思いますけどね」

「くそったれめ」

泰山は毒づいたが、それだけの参加者がいるということも紛れもない事実である。

「暴徒化しないよう、しっかり警備してくれ。また官邸襲撃なんてことになったら、今度こそ終わりだ、カリヤン」

「承知しております。ところで――」

と、ふいに狩屋は声を潜めた。「小耳に挟んだんですが、城山のオヤジが小中寿太郎を民政党に誘っているそうです」

なにっ、と顔を上げた泰山に浮かんだのは、紛れもない警戒感だ。

「オレを裏切ろうっていうのか」

「元々、オヤジは泰さんの緊急事態宣言に反対してたじゃないですか。小中人気を見て寝返るつもりかも知れません」

「気は確かか」

泰山は吐き捨て、なんでもない部屋の一点を睨み付けた。「いったいいつから民政党は、大衆迎合の政党になったんだ。政府の方針に真っ向逆らう首長におもねるのか。なにを考えてるんだ、オヤジは」

「オヤジの頭にあるのは、ポスト泰さんですよ」

狩屋は顔をしかめていた。「釈迦《しゃか》に説法ですが、永田町はジャングルです。旗色が悪いとみれば見限る。いつ寝首を掻《か》こうか、そのタイミングを虎視眈々《こしたんたん》と狙っているんです」

「だからって小中のようなクソを民政党に引き入れるのか」

収まらない泰山は、かつてない怒りに震えている。

四面楚歌《そか》の状況で、頼みの与党重鎮が、敵対する相手に秋波を送り策謀を尽くす。いまや泰山は後ろ盾を失ったも同然であった。

「オヤジにまで背を向けられたら、もう持ちませんよ。それともうひとつ――」

狩屋は続ける。「さっき連絡があったんですが、憲民党らが内閣不信任案を提出する動きを見せているそうです。明後日《あさって》の国会に提出されるかも知れないと」

「国難のときに、そんなことしかできないのか」

　泰山は思わず天井を仰ぎ見た。

　どいつもこいつもアホばかりである。

「憲民党にあるのは党利党略のみです、泰さん」

　狩屋は嫌悪感も露《あら》わに非難した。「ただ、民政党議員の中にも賛成に回る者が出そうだと。まさかオヤジが賛成に回るとは思えませんが」

　城山派は党内最大派閥である。そんなことになれば、多くの議員が同調するだろうことは想像に難くない。

　いままでの政治家人生には、幾多の苦難があった。だが、今回ばかりはこれまでとは違う。政治家武藤泰山にとって、正真正銘、最大のピンチであった。

5

　午前九時。東京都庁前を埋め尽くす一万人を超える民衆は政府批判のフレーズを連呼しながら動き出した。甲州街道を東へ向かい、半蔵門《はんぞうもん》を右折。そして正午前、三時間近くをかけて国会議事堂前に到達したのであった。

「来ましたよ、泰さん」

　その様子を放映しているＮＨＫの特別番組を見ていた狩屋にいわれ、泰山はじっと閉じていた目を開けた。執務室には緊張した面持ちの狩屋と貝原ら、主要スタッフ十数名が詰めている。官邸周辺は機動隊が幾重にも配置され、水も漏らさぬ厳戒態勢にあった。

デモ隊から歓声が上がったのは、いま彼らの前に小中寿太郎が登場したからである。

「いま、民衆の前に小中都知事が現れました」

女性アナウンサーが興奮した口調で実況している。

国会議事堂を背負い、集まったデモ隊の前で準備された演壇に登った小中は、雲ひとつない真夏の空の下、白手袋にハチマキをしている。

「デブになった三《み》島《しま》由《ゆ》紀《き》夫《お》みたいですね」

貝原がぼそりといった。誰も笑わない。もっとも貝原は冗談をいうような性格でもなく、ただ正確に小中の風体を表現したにすぎない。

群衆を前に、いよいよ小中の演説が始まろうとしていた。

その第一声は、

——都民の、都民による、都民のための政治!

大歓声が上がった。

「いきなりリンカーンのパクリか」

見ていた泰山が呆《あき》れた。

——小中死すとも自由は死せず。

「今度は板垣退助《いたがきたいすけ》ですよ、泰さん」と狩屋。

「本当は話すことないんじゃないですか」貝原がしれっとしていった。

――誰かに盗《と》られるくらいなら、あなたを殺していいですか？

「おっ、これは何のパクリだ」

泰山が首をひねった。

「でも、どっかで聞いたことがありますね」

はたと考えた狩屋はすぐに、あっと手のひらを打った。「『天城《あまぎ》越え』だ。小中の十八番《おはこ》ですからね」

「どういう脈絡だよ」

泰山はバカバカしくなったが、

「でもウケてます」と貝原が水を差す。

「くだらん前振りはもういい。本題に入れ、小中のアホめ」

その声が聞こえたか、

――私はここに東京都の緊急事態宣言の離脱を宣言いたします！　東京都は本日をもって、飲食店の終日営業を解禁し、移動の自粛を撤回し、打倒ウイルスを宣言いたします。

「何を考えているんだ」

泰山は思わず立ち上がっていた。「気はたしかか、小中」

だが、その泰山の憤りをあざ笑うかのように、地響きのような歓声が上がった。続いてコナカ、コナカのコールがしばらく続く。熱狂が伝わってきた。

――自粛お疲れ様でした！　飲食店で働く大勢の皆さん、生活の糧を失って今日を生きる希望を失った多くの人たち、私はここに飲食店と夏休みの旅行イケイケ・キャンペーンを発表いたします。詳しくは、こちらまで！

　ネットのアドレスが載ったボードが掲げられる。貝原が検索した。

「東京都のホームページですね。……八月末まで、飲食店と旅行に行く代金の十パーセントが割引になるそうです」

「そんなことをしたら、いままで自粛してきた努力が水の泡だ」

　泰山は力任せにテーブルを蹴《け》りつけた。「小中め、日本を破壊するつもりか。なんてことしてくれるんだ」

「貝原くん、世の中の反響はどうなの」

「絶賛です」

「マジか」

　狩屋が頭を抱えた。「どうなってるんだ、いったい」

「申し上げにくいんですが――」

　貝原が生真面目にいった。「日本がダメになる前に、すでに日本人がダメになっているような気がします」

「結局のところ、泰さん。この騒ぎはウイルスのワクチンか治療薬が登場するまで収まらないんじゃないでしょうか」

　狩屋の言うとおりであった。

「だが、そのワクチンも、治療薬も、いつ出来るかわからない。いや、出来るかどうかすらわからないんだ」

泰山は表情を歪め、唇を噛んだ。「オレたちはいま、出口のない迷路を彷徨《さまよ》っている」

「なんとかならないんですかねえ、なんとか」

狩屋が悔しそうにいって唇を噛む。

万事休すか——。

泰山はその言葉を飲み込み、瞑目するのみであった。

6

翔が紗英を訪ねたのは、小中が呼びかけたデモが行われた翌週のことであった。

八月はじめの、厳しい熱暑が続く昼下がりだ。

研究室のドアをノックしても返事はなかったが、中に入ると、何かを読みふける紗英の背中が見えた。

「紗英先生——」

近くで呼ぶと、紗英の驚いた顔が上がり、「ああ、武藤くんか。驚かさないでよ」、手を胸に当てて笑顔を見せる。

夏休みに入り、閑散としたキャンパスは静かで、蟬時雨《せみしぐれ》がうるさいほどであった。

「すんません。声かけたんですけど、返事がなかったんで。例の資料、読んでたんですか」

紗英のデスクに古沢恭一が残した資料が積み上がっているのを見て、翔はきいた。「何か、新しい事実とかは——」

「いくつか見つけた」

紗英はいい、翔に傍《かたわ》らの椅子を勧めると話し出した。「まず、父が最初にこのウイルスを知ったのは、学会で知り合ったイワノフ教授から、かつてサハ共和国で起きたという集団感染の話を聞いたことがきっかけだった。冷凍マンモスのウイルスを研究しようと思い立った父は、亡くなる前の五年間で七回も現地調査に出かけて、いくつかのサンプルを採取するに至ったらしい」

「サンプルを？　てことは、紗英先生のオヤジさんは、その段階でマドンナ・ウイルスを手に入れていたってこと？」

「でも、そのサンプルはどこにもない。残っているのは、ウイルスをサンプリングしたという亡くなる直前のメモだけ。これがそう」

ノートに挟んである原稿用紙を、紗英は手にした。

——ついに、見つけた！

万年筆の走り書きからは、喜びに満ちた古沢の興奮が伝わってくる。

「ついに、見つけた——か。いい言葉ですね」

「だけど、父がそのウイルスを論文で発表することはなかった」

紗英が憂色《ゆうしょく》を浮かべたのを見て、翔はそっと息を潜めた。

「大丈夫ですか、紗英先生」

返事の代わり、紗英は窓から見える銀杏《いちょう》の木に視線を結んだまま言葉を継いだ。

「これは私の推測なんだけど、もしかすると父は自殺じゃなかったかも知れないな。本当は父自身がウイルスに感染していたかも。そして発症して、屋上から飛び降りた――」

「まさか、そんな」

「むしろ、それなら納得がいくんだ」

驚いた翔に、紗英は静かな笑みを浮かべていた。「優しくて子《こ》煩悩《ぼんのう》だった父がなぜ自ら命を絶ったのか、私にはずっと引っかかっていた。なんでだろうって。どう考えても納得がいかなかったんだ。でも、ウイルスに感染していたというのなら、わかる。それなら納得できるんだよ」

「でも、そんなことって――」

「私、抗体、持ってた」

予想外のひと言に、翔は戸惑った。

「どういうことですか」

「並木先生に襲われたとき、武藤くんは感染したけど、私は無事だった。そのときは偶然だと思ったんだけど、最近になって、私には抗体があることがわかったんだ。父からうつされたものだと思う。子供の頃の私は発症しなかったけど、その抗体のおかげで助けられたんだ。父が守ってくれたのかも知れない」

翔を振り向いた紗英の目に、うっすらと涙が浮かんでいる。「父もまた、このウイルスに感染し、ひとりの学者として死んだ。私はそう思いたいし、きっとそれが事実よ。遺《のこ》されたこのメモは、きっと父が私に残したメッセージなんだと思う」

「紗英先生……」

唇を震わせた紗英は、「ごめんね」、とひと言いい、静かに目を閉じた。

涙を堪《こら》えている紗英に、翔はどう声をかけていいのかわからず、戸惑うことしかできない。

「でも、父が発見したのは、それだけじゃなかった。この研究には続きがあったんだ」

紗英はいい、デスクに広げたノートを、そっと手に取った。

「父は、最初に発見したウイルスと同時に、もうひとつのウイルスも発見している。〝当初探していたものとは全く種類の違うウイルスを発見した〟。最初のウイルスを見つけたわずか三日後のことよ。続けて父はこうも書いてる。〝このウイルスは、かつてベルホーヤで起きた感染事例のものではないか〟」

「ベルホーヤって——？」

「調べたら、シベリアの、人口千数百人程度の小さな町だった。この前我々がいったバタリタよりさらに北に位置している」

「そこでウイルスの感染があったんすか？」

「もちろん私は聞いたことがない。父も感染事例の詳細を書き残していないからわからないけど、こう書いている以上、そういう事例があったんでしょう。問題なのは、このウイルスについて父がこうも記していること。〝最初に見つけたウイルスより、遥《はる》かに恐ろしい症状をもたらす〟」

「マドンナ・ウイルスよりも恐ろしいって、いったいどんなウイルスなんだ」

翔はおののき、目を丸くした。「もしかして、そのもうひとつのウイルスが、これから拡《ひろ》がりはじめるかも知れないってことですか」

「わからない。でも、可能性はゼロではないと思う」

紗英は畏怖《いふ》の吐息を漏らした。「もしそんなことにでもなったら、想像を絶するパンデミックが起きるかも知れない」

「そのウイルスのこと、もっと調べられないんですか、紗英先生。ヤバいですよ」

顔色を変えた翔に、ひとつの可能性を、紗英は指摘した。

「もしかしたら、並木先生がサンプリングしてるかも」

「並木教授が？」

唖然とした翔の前で、紗英は深いため息をついた。

「父が残したこの研究資料を読んでわかったことがある。並木先生の研究には何のオリジナリティも無かったってことよ。着眼点もフィールド調査の結果も、父がやってきたことをそのままなぞっているに過ぎない。でも、その並木先生も、父の研究をなぞるだけでは解決しない壁があった。父がサンプリングしたかも知れないウイルスは現存しない。つまり、並木先生自身が、新種のウイルスを――つまりマドンナ・ウイルスをサンプリングしないことには、研究は行き詰まって前に進まなくなっていたってこと」

「イワノフ教授は、並木教授が新種のウイルスのサンプリングに成功したっていってましたよね」

当時の会話を思い出しながら翔はいった。「そのサンプルはいったいどこへ消えたんだろう」

「わからない」

紗英は首を傾げて少し考えると、「いま私たちにはふたつ、調べることがあると思う」、と続けた。

「ひとつは、並木先生がサンプリングしたウイルスの行方。これは、並木先生が関与していたというビジネスと関係があるかも知れない。そしてもうひとつは、ベルホーヤでの感染がどんなものだったか調べること。——武藤くん、手伝ってくれるよね」

7

「あら。内閣不信任案が出されるのね」

「朝っぱらから、その話か」

泰山は顔をしかめたが、綾は肝が据わっているというか、あっけらかんとしたものであった。

「ほら、こんなふうに大きく出てるわよ」

野党の動きは昨日のうちにマスコミの知るところとなり、新聞朝刊のトップを賑《にぎ》わせていた。

「はい、どうぞ」、と泰山に手渡された新聞は全部で五紙ある。政治家のご多分に漏れず、泰山の朝も早く、毎朝五時に起きて全ての新聞に目を通すのが長年の日課だ。スポーツ紙の一面だけが芸能ネタで、全国紙は全て内閣不信任案の記事がトップを飾っていた。

「ブンヤの連中、不信任案が可決されると思ってやがるな」

ざっと一面を見た泰山は、不機嫌を顔に浮かべる。

「まあいいじゃないの。勝手に思わせといたら」

「それが本当に可決されそうなんでな。シャレにならん。民政党内にまで賛成票が出そうだ」

それは、党内の動向を読んだ貝原の分析だ。票読みの嗅覚《きゅうかく》だけは天才的な男だけに、まんざら間違っているとも思えない。

「城山さんの威光でなんとかならないの」

「そのオヤジ殿が一番アブナイ」

「なるほど一面の記事になるわけだ」

綾はひとつ小さなため息をつくと、

「世の中を相手にするって難しいわねえ」

そういった。「志《こころざし》だけでは理解してもらえない。かといって正しいことをしても支持率は上がらない」

「そういうことだ」

泰山は認めると、「すまんな」、と綾に詫《わ》びた。「もう少しカッコいいところを見せたかったが、志半ばで終わるかもしれん。周囲の期待に応《こた》えられなかった」

「そんなことないんじゃない」

綾は、新しいコーヒーを淹《い》れて泰山の前に置いた。「嫌われても、信念を貫き通す。世渡りは下手だけど、そこがいい。愚直で馬鹿正直で、頑固。武藤泰山はイケてる政治家じゃなかったの」

泰山はこたえず、そっと新聞のひとつに手を伸ばした。

顔を隠すように紙面を広げ、読んでいるふりをする。目は文字を追ってはいない。

「ありがとな、綾」

やがてぼそりとつぶやいて、泰山は新聞を読み続けた。


「泰山、内閣不信任案の件で話がある」

城山和彦が泰山を訪ねてきたのは、閣議後のことであった。ちょうど泰山がひとりでいるときで、狩屋も貝原も不在である。城山のことだ。もしかすると、そのタイミングを見計らってきたのかも知れない。「万が一、成立するようなことがあったら、潔く退《ひ》け。世論の趨勢《すうせい》を読むに、このままでは民政党はもたん」

「オヤジは、本当に緊急事態宣言を解除した方がいいと考えてるんですか」

泰山は真顔で城山の目の奥を見た。何か得体の知れない感情が渦巻いている目である。

「当たり前だ。東京都を見てみろ。内閣の支持率低迷を尻目《しりめ》に、小中の人気は高まる一方だ。これぞ民意ってもんだろうが」

「国民が求めている政策をとれば、国民が求める結果になるとは限りません」

「だが、いまのところ小中は正しい」

腹の内を明かしたかのように、城山は評価した。「誰も小中を非難しとらんじゃないか。一方の内閣に対する風当たりはどうだ。日に日に強くなって、いまにも屋根が吹き飛びそうな勢いだぞ」

「オヤジ、いったい何を考えてるんです」

泰山は自らも所属する派閥の領袖《りょうしゅう》を改めて見据えた。「小中なんぞを我が党に誘って、それで将来、総理にでも据えるつもりですか。神輿《みこし》は軽くてバカがいいと？」

「お前、小中のことで何か聞いてるのか」

城山はたちまち不審の眼差《まなざ》しになった。

「人の口に戸は立てられませんからね」

「そうか。まあ、そこまで知ってるのなら、あえていわせてもらおう。これも我が民政党のためを思ってのことだ」

平然と城山はいってのけた。「このまま選挙になれば民政党は下野《げや》するやもしれん。そんな事態は何があっても防がねばならん。そのためならこの城山、なんでもやってみせようぞ」

「なんでもって、オヤジ」

泰山は呆れた。「人気取りしてるだけじゃないですか。あんな男を神輿に乗せたら、新興宗教と間違えられますよ」

「黙れ、泰山。そもそもお前の政策がダメだからこんなことになってるんじゃないか。恥を知れ」

家紋の入った扇でテーブルをパチンとやった城山は、不機嫌にひげを震わせた。

「この武藤泰山、恥じるような政策は打ち出しておりません。間違っているのは、国民の方です」

「世論が間違っているなどという言い草があるか」

城山は激していった。「そんなことをいったら、世論調査もへったくれもない。己を正当化するのならもっとマシなことをいえ」

「オヤジ、ひとつ聞かせてください。不信任案に賛成票を投ずるつもりですか」

「何をいう」

さすがの城山も返答に窮した。

「オレを見捨てるつもりなら、ここでいってください。その方が気分がすっきりする」

「お前がどう考えているかはわからんが、オレは世論は世論として認めるつもりだ」

じっと泰山は城山に視線を向けていたが、やがて、

「そうですか。わかりました」

という決別のひと言を口にした。「私は私の信じる道を突き進むまでです」

「お前も頑固なヤツだな。東京都に倣《なら》ってすぐに緊急事態宣言を解除すれば、国民の支持もつなぎ止めるやも知れんというのに」

「そんなことはできませんよ、オヤジ」

断固、泰山は明言した。「なぜなら、それは間違っているからです」

「時間の無駄だったようだな、泰山」

そういうと城山は手の中でぽんと扇を打って立ち上がりかけ、思い出したように付け加えた。

「ああ、それとな。明日の夕方に小中都知事が緊急記者会見を開くそうだ。内容次第ではますます、小中人気は高まるだろう。お前は、正しいことをしているのかも知れん。だが、小中はあえて過ちの中に正解を見いだした。これぞ政治家というものだぞ」

「詭弁《きべん》ですよ、そんなものは」

淋《さび》しげに吐き捨てた泰山を鋭く一瞥《いちべつ》すると、城山はその場を出ていった。

「オヤジ、きな臭いな」

執務室のドアが閉まると、泰山はひとりそうつぶやいた。なにしろ、一筋縄でいく御仁《ごじん》ではない。

案の定、城山の来訪後、内閣不信任案に対する各党の対応や与党内の動向が刻々と入って来始めた。

「城山先生の態度はまだ不明ですが、現時点で与党内の離反者は、少なくとも七人出そうです」

貝原の報告に、泰山は顔を歪めた。野党が全部賛成票を投じたら、不信任案が成立する勢いである。

「本当に、オヤジは泰さんを見捨てて賛成に回るつもりなんですかね」

狩屋が不安そうに頬《ほお》を震わせている。「どう思います、泰さん」

「このままなら、オヤジは、不信任案に賛成票を投じる」

「まさか――」

断じた泰山に狩屋がそういって息をのみ、貝原も恐怖に目を見開いている。

「あ、あの――」

その貝原から遠慮がちな声が出た。「明日の夜開かれる小中都知事の緊急記者会見の内容次第では、さらに不信任案に傾く議員が増えるかも知れません」

「なんてこった」

狩屋は落胆し、悲憤に塗《まみ》れている。「ウイルスと戦っているこんなときに、内閣不信任案を出す野党も野党。賛成票を投じる議員も議員だ。そんな奴らに屈するんですか、我々は」

「屈したくはない。屈したくはないが……」

どう道理を説いたところで、もはや政権は世論の波に押し流されて漂流し、ついに滝壺《たきつぼ》の寸前まで流されてしまったのだ。

泰山はソファに体を埋《うず》めると、腕を組み、しばし動かなくなった。

8

マスコミの事前情報によるとその記者会見は、小中都政の勝利宣言と位置づけられていた。

前宣伝通り、マイクの前に座った小中は、いかにも堂々として勝ち誇っているように見える。

「東京都知事の小中寿太郎でございます」

「いちいち名前いわなくていいんだよ。目立ちたがり屋め」

嫌悪感をむき出した狩屋は、テレビの小中を見て吐き捨てた。

いつものように椅子に浅くかけた小中は、前にセッティングされている机に両足を載せている。

「ほな、始めましょか。ええか、皆さん。武藤政権の国民生活を無視した緊急事態宣言によってやな、われわれ都民の生活が酷《ひど》い目に遭《あ》わされ、商売はえらい打撃を被ったわけや。決意をもってその悪政と決別し、緊急事態宣言からの離脱を宣言したのが一週間前。この間の感染者の推移はほれこの通りやで」

傍らのボードに、都職員が大きなグラフを貼り付けた。

「どや、皆さん」

自信満々に、小中はいった。「減ってはないけどな、さして増えてもないやろ。これでええんや」

カメラが、グラフの緩やかな右肩上がりを映し出している。

「くそ、小中の野郎」

憎々しげに泰山が吐き捨てた。「まだ一週間じゃねえか」

「勝利宣言には早すぎます」貝原も同調する。

「ええですか、皆さん」

小中は得意げに続けた。「これではっきりしたことがふたつありますわ。まずひとつは、政府の緊急事態宣言なんぞ、何の意味も無いっちゅうこっちゃ。もうひとつは、我ら東京都の独自政策が正しかったということやね。だいたいやね、飲食店の営業時間の自粛に、移動の自粛、学校どころか仕事まで自宅でせえなんて話、むちゃくちゃですわ。少し考えたら小学生でもわかるやろ」

　勢いづいて、小中は政府の悪口を並べたてる。「たとえば感染者数が減りますやろ。そやけど、ゼロにはなりまへん。どこかでまた増えてきよるわけですわ。そのたびに緊急事態宣言なんて、意味ないでしょ。ゼロにならないんですから。ワクチンもない、治療薬もない。かといって、ちぢこまってどうしますの。急激に感染者数が増えなきゃええんですわ。そしてどうですか。ほれこの通りや」

　パイプを持った手で、誇らしげにボードのグラフを指した。「なんの問題もないやないか。私はね、まだ政府のアホな政策に付き合って自粛している全ての自治体にいわせてもらいますわ。そんなアホなことやめなはれ。普通にしとったらええがな。飲食店や劇場、遊興施設――閉めたらええってもんやないで」

　カメラ目線で言い放った小中のひと言は、泰山に対する挑発であった。「私はここに、東京都の勝利を宣言させてもらいますわ。どや、武藤総理。見てますか。あんた、まちごうとるで。わあっはっはっは」

　高笑いした小中は、いまにも椅子ごとひっくり返りそうだ。

　いまこの瞬間、この中継を見ている日本中の人々が、小中の勝利と武藤内閣の敗北を確信したに違いなかった。

「小中の野郎、いい気になりやがって」

　やれることはやってきたつもりだ。こうして生煮えの数字をあげて勝利を宣言するこの男の鼻をへし折るにはどうすればいいか——。

「悔しいですね、泰さん」

舌打ちしながら狩屋がいったときである。ささいな動きがあった。

ノックとともに顔色を変えた官邸スタッフが足早に入室するや、耳打ちとともに狩屋に一枚のメモを差し出したのだ。

「た、泰さん。——これ」

狩屋が向けたのは愕然《がくぜん》とした面差《おもざ》しである。震える手で差し出されたメモを一瞥した泰山も、まさか、と顔を上げ、テレビの小中を振り向く。

そこでは、勝ち誇った小中が熱弁の真っ最中であった。

「ウイルスなんてね、普通の生活してたら、そうそう増えるもんやない。なのに武藤政権はまだ緊急事態宣言を解除しようともせえへん。ホンマ、ええ加減にしてくれまへんか。首相のパフォーマンスに付き合わされてるだけやないんかい。ん？——なんや、ええとこやのに」

そのとき都庁スタッフらしき男が画面に現れ、小中にさっとメモを渡して引っ込んでいった。

何かが、起きようとしていた。泰山が期待した、形勢を逆転する何かが。狂瀾《きょうらん》を既倒《きとう》に廻《めぐ》らす変化が——。

「おい。これホンマか」

画面の外に向かって問うた小中は、改めて自分に向けられたカメラに向き直ったものの、動揺を隠すことはできなかった。

「あ、ええと。すんまへんな。ちょっと予想外の事が起きまして――」

それが何か、泰山も狩屋も知っている。

この日の東京都の新規感染者数だ。

「五千二百十人――！」

泰山から渡されたメモを一瞥した貝原が絶句した。

「さあ、これをどう説明するつもりだ、小中」

テレビの小中に向かい、泰山が挑むようにつぶやいた。

「失礼。ちょっと緊急の用事ができましたんで、会見はここまでにさせてもらいますわ。すんまへんな。ほな、さいなら」

記者たちの制止も無視して、逃げるように小中は会見場から姿を消した。

テレビ画面にニュース速報が入り、新規感染者数の数字が出たのはほぼ同時である。

どよめきと共に、会見場が一気に騒がしくなっていく。

「あ、ええと。静粛にお願いします」

会見を仕切っていた都庁の役人が困惑顔で声を出したが、もはや耳を貸す者は誰もいない。

バタバタと記者たちが駆けだしていった。小中の会見再開を求めて進行役に詰め寄る者もいる。

その一部始終を、中継するカメラが映していた。

「た、泰さん――」

ごくりとツバを飲み込んだ狩屋が、震える声を出した。「こ、これは――」

「ついに恐れていた事態が起きた。小中のバカめが」

泰山は震える言葉を絞り出した。

「我々にとっては追い風ですが、これだけの感染者数となると、医療崩壊しかねませんよ、泰さん」

狩屋の顔面は蒼白《そうはく》だ。

「わかっている」

泰山は、胸の内の思索を言葉にした。「国公立の病床はあっと言う間に埋まるだろう。民間病院に病床確保を命じることのできる法律を作るしかない。このまま医者のいうことを聞いて病院経営を優先させていたら、医療崩壊の悪夢まであっという間だ」

だが、それでも限界があることはわかっている。「結局のところ、このウイルスを沈静化させる唯一の方法は、ワクチンか治療薬だけだ」

「それには何年かかるかわかりません、先生」

貝原の指摘に、泰山は天井を仰いだ。

「ワクチンを待っていたら、日本は確実に崩壊する。なんとかならないのか、なんとか――」

もはや日本の命運は尽きた――かに見えた。

9

「本日、全国で一万六千二百人、東京都では昨日に続き五千人を超える新規感染者が出たそうです」

　貝原の報告に、泰山は表情を曇らせた。

　小中寿太郎の記者会見から三日が過ぎ、大方の予想通り、事態はますます悪い方へと向かっている。

　唯一の吉報は、憲民党が仕掛けた内閣不信任案が腰砕けになり、圧倒的多数をもって否決されたことであろうか。新規感染者の爆発的な増加は、それほどのインパクトをもって受け止められたのである。

「小中のおかげで日本滅亡の危機です、泰さん。結局、ツケを払うのは我々だし」

　狩屋はいまいましげに舌打ちした。「あの〝逃走記者会見〟が批判されて小中人気にも陰りが見えてきてます。緊急事態宣言からの離脱は間違っていたことにいまや誰もが気づいたわけですからね」

　その小中は、感染者激増を受けて渋々緊急事態宣言への復帰を決めたものの、自らの責任を認めるわけでもなく、以来、鳴りを潜めている。

「子供みたいな野郎だな」

　泰山もいった。一時はあれだけ開いた「緊急記者会見」という名のパフォーマンスも、その後は開かれていない。やればやぶ蛇になるとでも思っているのだろう。

「ですが、小中都知事には、一部でかなり根強い支持があるのも事実です、先生」

　指摘したのは貝原であった。

「例の陰謀論者どもか」

泰山は、不機嫌に唇を曲げた。

「最近、アノックスが動きを活発化してるんです。先生、聞こえませんか」

貝原にいわれ、何事かと泰山は耳を澄ませた。

どこかで、ざわざわと何かが蠢《うごめ》くような音がしている。ときおり、途切れ途切れの音声が、泰山の耳にも届いた。

「なんだ、貝原」

「アノックスのデモです。三百人ほどの規模だそうですが、霞が関界隈《かいわい》を練り歩いています。感染者急増は政府による陰謀だというデマをいまだにネット上でバラまいていまして」

「何が起きても政府の責任か」

呆れ果てた話に、泰山は不機嫌になった。

ノックとともに白髪の男が足早に入室してきたのはそのタイミングであった。感染対策チーム・リーダーの根尻である。この感染拡大に危機感を募らせた根尻は目をつり上がらせ、寝不足で目は充血し、顔面は怒りのせいか蒼白であった。

「ああ先生、状況はいかがですか」

「最悪に決まっとるだろう」

根尻は吐き捨てるようにいうと、目を三角にして、「全国民に自粛を徹底するように憲法改正でもして命令してくれませんか」、と乱暴なことをいった。

「今日の会議はどうでした」

感染対策チームと製薬会社各社の連絡会議で、ワクチンや治療薬の開発に必要なデータをどう供給するかが話し合われたはずだ。

「製薬会社に情報提供しても、治験開始までに最短で一年や二年はかかる。それまでは持ちこたえてもらわねばならんが、今日出席した一社が、こんなものを持ってきた。実にけしからん」

そういって根尻が出したのは、真空パック入りのステーキ肉だ。商品名は「マンモスくん」。〝マンモス風味の人工肉が地球を救う〟という、怪しげなキャッチフレーズがついている。パッケージを覗《のぞ》き込んだ泰山が、「おっ」、と声を出したのは、それが翔の勤務するアグリシステムの商品だったからである。

戸惑いつつ根尻を見た泰山は、「この会社の何がけしからんのでしょうか」、と問うた。

「これですよ、これ」

〝怒り心頭〟といった顔で根尻が差し出したのは、アグリシステムから同封された一通の手紙である。「東京感染研究所、根尻賢太先生御机下《ごきか》」から始まる文面は次のようになっていた。

――このたび、京成大学理学部並木又次郎教授と共同開発した、「マンモス風味人工肉・マンモスくん」を製品化することになりました。並木教授はご存じの通り、世間で猛威を振るっておりますマドンナ・ウイルスの初期感染者であり、残念ながらただいま入院、療養中ですが、本製品はそのアドバイスを十二分に生かした最先端食品です。人工肉は、食肉牛の飼育による温暖化ガス問題を解決する有力手段として世界中から注目されており、本製品は食の地球温暖化対策の切り札として期待されています。

「別に問題ないと思いますが」

泰山は顔を上げた。「食の温暖化対策、結構なことじゃないですか」

「何をいう、総理。先を読んでみろ」

泰山は再び文面に視線を落とした。

――根尻先生におかれましては、東京感染研究所長という重職に加え、政府の感染対策チーム・リーダーという余人をもって代えがたい職責についておいでです。この人工肉「マンモスくん」は、私どもの事前リサーチによりウイルス感染後の症状緩和といった効能が確認されております。つきましては、発売に際しまして先生のご推奨をいただけないかと、不躾《ぶしつけ》ながらお願いする次第です。ぜひ、一度ご賞味いただき、ご感想など頂戴《ちょうだい》できましたら幸甚《こうじん》です。

「皆がウイルス対策に全力を尽くしておる時に、このような便乗商法が許されていいのか」

どうやら、それが根尻の逆鱗《げきりん》に触れたようであった。

「許されませんわな、そりゃ」困り顔で泰山はいった。

「なにが効能だ。いい加減なことをいうなといいたい。こんな商品は、日々真剣にウイルスと戦っておる我々や医療関係者への冒瀆《ぼうとく》以外の何ものでもない。このような不謹慎極まる金儲《もう》けに、政府として断固対応してもらいたい」

「ごもっともです」

泰山は同意したが、それでもおさまらない根尻は、

「その前に私が徹底的に調べて、記者会見でやり玉に挙げてやるからな」

散々不満をぶちまけて帰っていった。

「やれやれだな」

根尻の姿が見えなくなって、ようやく泰山はため息をついた。

「根尻先生もこの感染拡大で相当にストレスが溜《た》まってますからね。些細なことにカッとするんでしょう」

狩屋は同情的だが、

「かといって、先生を怒りのはけ口にするのはいかがなものかと思いますが」

貝原の言うとおりである。

「しかし、根尻先生がいうように、この手の便乗商法が市中に氾濫《はんらん》しないよう、どこかでクギを刺す必要はありますよ、泰さん」

警戒した狩屋に、

「もうすでに溢《あふ》れてます」

貝原がいった。「効果があるのかないのかわからない薬やドリンク、ヘビの粉末から果てはおまじないまで、はっきりいって無茶苦茶です。アグリシステムのような大手までそのジャンルに手を出すとは思いませんでしたが」

「そういえば泰さん、翔ちゃんが並木研究室に出入りしてたのは、もしかして――」

「おそらく、この製品開発のためだろうな」

泰山は重たい吐息まじりにこたえた。「会社に入って、やっとまともになるかと思いきやこれだ。アグリシステムにも失望したぞ、貝原」

「すみません」

いつものクセでなぜか謝ってしまった貝原であったが、謝るスジのものでもなかった。

「ただ、こんな商品でも翔ちゃんが携わったものが世の中に出たんですから、良かったと思います」

ついでに慰めのひと言も加えた貝原に、

「いいわけねえだろ」

泰山は舌打ちをひとつして、首を傾げた。「しかし、あのアグリシステムも落ちたもんだ。こんなインチキ商品を出すとはな」

「あそこは最近社長が交代して拡大路線に転向したんじゃなかったですか。株価もだいぶ上がったはずです」

狩屋の指摘に、そういえばそうだったと泰山も思い出した。新聞で読んだ記憶がある。それまでの保守的な経営から、積極的な拡大路線への転換を宣言して株価も上昇。新社長の手《て》塚《づか》隆博《たかひろ》は、たしか外資系の投資銀行から転身したプロ経営者のはずである。

「ライバル企業に遅れをとっていた分、焦りがあるのかも知れません」

とは貝原の分析だ。

むろん、人工肉に着目したのは悪くない。だが、こんな〝色物〟にして何の意味がある——と、根尻ほどではないにせよ、泰山もまたかすかな憤りすら感じたのは事実だ。

「大企業がこんなもの売り出したら炎上しかねませんよ」

狩屋も同じことを考えているらしい。「株価が元に戻るのも時間の問題ですね」

まったくだ、とうなずいた泰山であったが、その予想が見事なまでに外れるとはそのときは夢にも思わなかった。

その二日後、再び根尻が官邸に現れたとき、驚いたことにその両脇には、抱えられるだけの「マンモスくん」が抱えられていたのである。

「先日の『マンモスくん』だが、弊所で効能のほどを調べてみた」

執念深く根尻は、あれからずっとこの人工肉について調べていたらしい。

「どうせ効果なし、だったんですよね」

話の先を読んだ泰山だったが、

「それがそうでもない」

意外なひと言を根尻は発したのである。「『マンモスくん』を食べた感染者の症状が劇的に改善したのだ、総理。理由はわからない。だがこれは、ウイルス感染者の特効薬になるかも知れん。『マンモスくん』は、大変な発明品だ」

先日の批判とは打って変わり、手放しの評価を口にしたのである。俄《にわか》には信じがたい話であった。

「この食品の成分はなんなんです」

そのとき尋ねた泰山に、根尻は首を横に振った。

「問い合わせてみたんだが、クサヤで味付けした植物由来のものらしい。ただ、この『マンモスくん』が我が国の救世主になることは間違いないだろう——だが」

根尻は突如《とつじょ》怪訝《けげん》な表情を浮かべた。「製法がまるで想像できん」

どうあれ、この後「マンモスくん」の噂はネット上で瞬《またた》く間に広まり、商品は飛ぶように売れはじめた。アグリシステムの株価は時を措《お》かずに上場来最高値を更新し、企業評価はうなぎ登りとなったのである。

第七章　マンモスの秘密

1

テーブルの上に、翔が持ってきた「マンモスくん」がひとつ、載っていた。

会社からではなく、翔が自ら苦労してコンビニで買い求めてきたものだ。これひとつ買うのに、何軒もコンビニをハシゴしなければならなかった。感染対策チームがウイルスに対する効能を認めるコメントを出したとたん、大人気商品になったのだ。

だが、それをよろこぶ風でもなく、いま紗英も翔も、腑《ふ》に落ちない顔で黙り込んでいる。

「紗英先生は『マンモスくん』がウイルスに効くって——」

「知るわけないでしょ」

紗英が不可解そうに首を横に振った。「武藤くんはどうなの。だいたい君、アグリシステムの社員でしょう」

「それはそうなんですが、なんせヒラですから」

翔がウイルスに感染したとき、入院している翔に紗英が差し入れたのが、この人工肉の試作品だった。

「オレが退院できたのは、偶然じゃなかったのかも」

「私は単に、武藤くんを元気づけようとして持ってっただけだけど」

紗英はあらためて商品を眺めて首を傾げた。「これが特効薬になるなんて、喜ぶべきなんだろうけど、事情を知っている者からするとあり得ない。偶然にしてはできすぎだと思う」

「同感、すね」

翔も頷《うなず》いて考えを巡らせる。だが、いいこともあった。この「マンモスくん」のおかげで、親友のマキハラの容態が落ち着き、改善に向かっていることだ。並木教授や高西大臣らも同様だが、改善の度合いは若いマキハラとは比べものにならないぐらい遅い。それでも、快復への道筋がついたのは、僥倖《ぎょうこう》以外の何ものでもなかった。

「君の上司はなんていってるの。ええと、櫨山《はぜやま》さんだっけ」

「ああカバ山ですね」

翔はテキトーにいい、「単純に売れたことを喜んでました」、と一昨日出社したときの様子を伝えた。「まあ、カバ山も下っ端だし」

なにしろ、重要なことは何ひとつ知らされず、部下に厳しく上司にはこびへつらう、〝百均〟で売っていそうなサラリーマンだ。

「効能が仮に偶然だとすれば、そんなことは天文学的な確率でしか起き得ない」

改まった口調で紗英は椅子を回して、作業テーブルのパイプ椅子に座っている翔と向かい合った。「常識的に考えて、ウイルスに関する基本情報なしにこんなものは作れないから」

「じゃあ、ウイルスの情報を摑《つか》んでたんじゃ？」

「どうやって」

問いを発した紗英の視線が泳ぎ、ふと黙り込む。やがて出てきたのは、

「……例のビジネス、か」

というひと言であった。腕組みして考えていた翔の視線が動き、その言葉の意をくんだかのように紗英の目を捉《とら》える。

「たしか、並木教授にはビジネス相手がいたんですよね」

「ボイニッチ」

紗英が相手企業の名前を口にする。並木の預金口座に巨額の資金を振り込んでいた相手だ。

「だけど、考えてみれば、並木先生の銀行口座にお金を振り込んでいたのはボイニッチだけじゃなかった。——アグリシステムもそう。つまり、君の会社と並木先生もビジネスをしていたといえるよね」

そのとき、ノックがあった。

入って来たのは、黒ずくめのスーツを纏《まと》った痩身《そうしん》の男である。

「あれっ、新田のオヤジ。どうしたの、そんなコワい顔しちゃってさ」

鋭い眼光を放っている新田は、どういうわけか、ぴしぴしと音がするような緊張感を漲《みなぎ》らせていた。

「失礼します。取り急ぎおふたりにお話ししたいことがありまして。内緒の話です」

翔の隣にあったパイプ椅子にかけた新田が取り出したのは、何枚かの写真であった。

「この男……」

翔がはっと顔を上げた。写っている男には見覚えがある。道玄坂の「マルゴー」で、発症した沖田と一緒にいた男だ。どういうことなのか、翔は無言で問うた。

「この男は、甲村久《こうむらひさし》といって、おそらくシベリアで翔ちゃんたちを襲った三人組のうちのひとりです。発症した沖田重綱の右腕と目されている男で、沖田同様、金のためならテロリストとでも仕事をする男です」

隠し撮りされた写真には、洒落《しゃれ》た内装の部屋とそこでたむろする若者たちが写っていた。どこかのクラブだろう。壁際のテーブル席にすわっている甲村は、踊っている若い女を見つめながら、スーツのポケットに手を差し入れている。

二枚目の写真では甲村が、ポケットから何かを取り出した瞬間が捉えられていた。

「手にしているのは、菓子です」新田が説明する。

「ウチの商品なのか」

「いえ、違います。これは外国産のマンゴーゼリーで、日本の製品ではありません」

三枚目の写真には甲村はもう写っていなかった。写っているのは、テーブルにあるおつまみのトレイだ。ポッキーやポテトチップ、柿の種に黄色いゼリーが混じっている。

「捜査をすすめるうち、ウイルスの集団感染が発生した現場に不思議な共通点があることがわかってきました。それがこのマンゴーゼリーです。調べてみると、どの店のメニューにもないものでした。つまり、この甲村が置いたことになります。どういう意味かわかりますか、翔ちゃん」

すっと息を吸い込み、翔は目を細くして新田を見た。

「もしかして――これにウイルスが付着していたと？」

「まさか――」紗英が驚き、目を丸くして新田を見た。

「緊急事態宣言を発出してもなかなか感染者が減らないのは、それをばら撒《ま》いている連中がいたからです。この写真はその決定的現場をひそかに撮影したものです」

「何がいいたい、新田のオヤジ」

「甲村の周辺を探ったところ、とある人物から金を受け取っていることがわかっています。これがその受け渡し現場です」

新たに差し出された写真に、翔は驚愕《きょうがく》を禁じ得なかった。

「こ、これは――カバ山じゃねえか」

少し気の毒そうな目になって、新田が頷いた。「アグリシステムの櫨山課長がこの男に金を渡したのは、おそらく社命によるものだろうと私は考えています」

テーブルの「マンモスくん」を、新田は一瞥《いちべつ》した。

「つまり、こういうことでしょうか」

紗英が割って入った。「並木先生はアグリシステムからお金をもらい、冷凍マンモスからサンプリングしたマドンナ・ウイルスを渡した。アグリシステムは、それを解析して治療薬を開発した上でウイルスをばら撒き、自社商品を売ろうとした」

「断定はできませんが、このウイルス騒ぎそのものが、『マンモスくん』のセールスプロモーションだった可能性があります」

ふいに黙りこくった翔が再び新田を見たとき、その目には悲壮な熱が浮かんでいるように見えた。

「もしかして、オレに何か頼みがあるんじゃねえのか、新田のオヤジ」

「アグリシステムについて探りを入れていますが、サイバー部隊を投入してもネットワークシステムに入ることができませんでした」

「だけど、社員のオレなら直接、開発部門に入ることができる。そういうことか」

「残念ながらこれは、もはやビジネスという括《くく》りで通用するレベルではありません。れっきとしたテロです」

新田は、言葉に力を込めた。「翔ちゃんに何かをして欲しいわけではなく、この事実を耳に入れておいた方がいいという判断でここに参りました。なにしろ翔ちゃんは、武藤総理のご子息ですから。そして眉村先生は、感染対策チームの重要なメンバーです。捜査情報をお話しするのは公安の流儀ではありませんが、こうすることが国益に適《かな》うという上層部の判断です。お忙しいところ、失礼しました」

写真をポケットに戻し、立ち上がろうとした新田を、

「待ってくれ」

翔が制した。「オレにも手伝えることがあるはずだ。やらせてくれないか。これは国家の問題かもしれないけども、実際に感染したオレの問題でもある。この手で決着をつけなきゃ気が済まないんだよ」

2

翔が久々にアグリシステムの川崎工場に出社したのは、新田と会った数日後のことである。社員の六割がリモートワークで出社していないため、所属先の総務部はがらんとして物静かであった。

「あれ、武藤くん。どうしたの？」

フロアに入るや、すぐにカバ山が見つけて、声をかけてきた。

「ちょっとパソコンの調子が悪いんで、交換して欲しいかなって。たまに勝手にフリーズするんです」

午後四時過ぎであった。あらかじめ準備していた理由を口にすると、

「勝手にフリーズねえ。フリーズってのは、いつも勝手にするもんじゃないの」

相変わらずイヤミな調子でカバ山はいいつつ、備品リストから使用していないノートパソコンを探し出すと、番号を書き付けたメモを寄越《よこ》した。「これ使ってくれるか。ブツは倉庫にあるは

ずだから、自分で探してください」

礼を言って受け取った翔は、しかしすぐには動かなかった。しばしカバ山のデスクの前に立っている。

「まだなにかある？」

「あ、いや、そうじゃなくてですね」

翔はどうにも気になっていたのだ。カバ山が、人工肉の効能について知っていたのかどうか。

「カバ山課長は、『マンモスくん』がウイルスに効くこと、本当にご存じなかったんですか」

衝撃を受けた顔が、じっと翔を見上げ、「君ね。こんなこと何度もいわせないで欲しいんだが」、と前置きして続けた。

「ぼくはね、櫨山《はぜやま》っていうんだ。カバ山じゃないから」

「あ、そっちですか」

「どっちか知らんが、上司と部下の間で、そういうの重要だと思うぞ。なぜ上司の名前を覚えない」

「覚えることが多すぎて」

「そういう問題か」

大げさに呆《あき》れたカバ山に、「それでどうなんでしょうか」、と遠慮がちに翔はきいた。「ハゼ山課長は、あの人工肉にそんな効き目があること、ご存じなかったんですか」

「知るわけないでしょ」

カバ山は、あっさりと否定した。「だけどラッキーだったよ、あの商品に思わぬセールスポイントがあってさ。ものすごく開発費用がかかってるから、あの人工肉は。新社長の肝いりでさ。あ、ところで君。社長の名前は、知ってるよね」

まるでテストでもするように、疑わしげにカバ山はきいた。

「えっと——」

たしか外資系の会社から来たはずだ、ということだけ憶《おぼ》えていた。「あっ、チック・コリアさん、でしたっけ」

「惜しいな。手塚隆博だ。よく覚えとけよ」

「そうっすね」

社長の名前は、聞いたそばから右から左へ抜けた。「あの人工肉なんすけど、ウチのどこの部門が開発したんすか。まあなんていうか、自分が手伝っている製品のこと、眉村先生からよくきかれるんでその——」

カバ山が何でそんなことをきくんだという顔をしたので、翔は理由も付け加えた。理由はあらかじめ準備していたものだ。

「あれは、社長直轄の開発部隊だ」

「へえ。それってどこにあるんですか」

「松の廊下」

「は？」翔は、きょとんとした。

「研究開発棟のことをそういうんだよ。情報管理が厳しいからな」

「開発責任者はなんていうひとですか」

「松原《まつばら》くんだな。開発室室長の。会ってみたいか」

「ええまあ、ぜひ。ひと言、ご挨拶《あいさつ》に伺おうかと。一応、開発の手助けをさせていただいてますので」

「君もようやく社会人らしくなってきたな。いい事だぞ」

カバ山は、よくわからんところに感心するタイプのようであった。その場で内線をかけたが、

「ああ、今日は休みだって。残念だったな。代わりに、望月《もちづき》くんって副室長がいるはずだから、帰りに寄っていけ。いまは定時退社してるから、それまでに顔出せば会える。ぼくは用事でもう出てしまうけど、ひとりで行けるよね」

「もちろんです」

カバ山に礼を言い、定時の午後五時を回るまで時間を潰《つぶ》してから、やおら席を立った。

向かう先は、研究開発棟である。

社員証でセキュリティ管理されている棟の奥へとどんどん入っていくと、厳重なドアが行く手を塞《ふさ》いだ。翔の身分では入れない、厳重管理のエリアである。

新田から密《ひそ》かに渡されていた入館証をかざして、その中に足を踏み入れた。入り口から真っ直ぐ、緑色に塗られた廊下が延び、その両側に作業エリアが配置されている。人の姿はまばらで、工場の上っ張りを着た翔の姿を見とがめる者はいなかった。

開発責任者の松原のデスクの場所は、あらかじめ調べてあった。翔が調べたのではない。新田が調べたのである。

パソコンを抱えて開発部門のシマに入った翔は、総務部から持ち出してきたデスクの合鍵《あいかぎ》を使って、松原のデスクの抽斗《ひきだし》を開けた。

中にあるノートパソコンのスイッチを入れ、パスワードの代わりに、新田から預かった名刺入れサイズの機械をポートに差し込む。

どういう仕組みか翔にはわからないが、数分でロックが解除されると、データのダウンロードが始まったようだった。

どれだけそうしていたか、再びノートパソコンをデスクに戻した翔は研究開発棟を出、工場の敷地内を足早にゲートに向かっていく。

研究開発棟での翔の姿は、おそらく防犯カメラにも映っていただろう。

だが、もうそんなことはどうでもよかった。

翔がやろうとしていることは、いわば——内部告発である。

「新田のオヤジ。これはひとつ貸しだからな」

そのとき、はたと立ち止まって、翔は前方に目を凝らした。

常夜灯が、おぼろな輝きを放っている。

ちょうどその明かりが途切れた辺りで影が動いた。ふたりだ。さらに背後に気配があって振り向くと、新たにふたりの男が明かりの下に現れた。

翔が思わず息を呑《の》んだのは、その顔のひとつに見覚えがあったからだ。

アナーキストの沖田重綱の右腕という、甲村である。

「お前か」

翔はいったが、こたえはない。そのとき、

「少し前からウチのネットワークに不正侵入しようとした輩《やから》がいるようだったが、君だったのかな、武藤くん」

暗がりから聞こえてきた声に、翔は振り返った。

建屋の陰から明かりの下に歩み出たのは、新たな男の姿だ。

上等そうなスーツを着た四十代の男である。どこかで見たことがある気がしたが、誰かは分からない。翔と同じ百八十センチぐらいの身長に、日本人離れした彫りの深い顔をしたキザっぽい男だ。

「なんのことかわかんねえな」

翔の退路を断つかのように、男たちが四方から詰めてくる。

「そんなものを持ち出してどうするつもりなのかな」

キザ男の声は、やけに鼻についた。「君がやってることは窃盗《せっとう》だよ。ここで正直に話すか、それとも警察で話すか」

警察といえば翔がビビるとでも思っているのだろう。翔はせせら笑った。

「どこの誰かは知らねえが、ふざけたことといってんじゃねえぜ」

翔が言い返した。「まともな会社が、お前みたいな連中雇ってること自体、おかしいだろうが。警察で話さなきゃいけないのはお前の方だ、このキザ野郎」

ふん、という声とともに男が背を向けた。

男たちが翔を取り囲み、両側から腕を摑もうとしたそのとき、疾風のようにひとつの影が躍り込んできたかと思うと、「ぐわっ」、という気色の悪い音とともに、翔の脇のふたりが地面に崩れ落ちた。

「新田のオヤジ――！」

電光石火の出来事である。

さらに、もうひとりの顔面にエナメル靴がめり込み、さらに甲村が飛びかかってきたときには、新田の姿が消えた――かに見えた。見事に躱《かわ》され、空を摑んだ甲村が蹴《け》り飛ばされて派手にアスファルトを転がっていく。

残るはキザ男ひとりであった。

「なんだ、貴様は。オレに用事があるんなら、広報を通して――」

油断させて殴りかかったつもりだろうが、鎧袖《がいしゅう》一触、新田のパンチ一発で気を失い、膝《ひざ》から地面にくずおれていく。

「怪《け》我《が》はありませんでしたか、翔ちゃん」

「おかげさまで。こいつら何者なんだ」

あちこちに転がっている連中を見下ろし、翔はきいた。

「おそらくはアグリシステムと提携しているイスラエルの会社の用心棒たちでしょう」

「イスラエルの会社って?」

　驚いて翔はきいた。

「例のボイニッチですよ。軍事企業、死の商人です」

「じゃあ、あのスーツのキザ野郎もか」

「ああ、あれは――」

　新田は、ちょっと困った顔をした。「あれは、アグリシステムの社長の――」

「チック・コリアとかいったな」

「惜しい」

　新田は指を鳴らしてみせる。「ですが、似たような名前だったと思います」

　新田が、インターコムに何事か吹き込むと、どこに待機しているのか警察車両のサイレンが鳴り始めた。

「詳しくお話ししたいところですが、この連中を連行する必要がありますので、一旦《いったん》失礼させていただきます」

　新田らしく丁重に頭を下げたとき、パトカー二台と赤色灯を屋根に載せた捜査車両が続々と敷地内に入ってきた。

「武藤翔さんですね」

　その喧噪《けんそう》に取り残されたように立っている翔に、ひとりの刑事が声を掛けてきた。「新田警視から、ご自宅までお送りするよう言いつかりました。どうぞこちらへ」

「さすが新田のオヤジだ。気が利くね」

案内された警察車両の後部座席に乗り込むと、ゆっくりとパトカーが動き出した。

アグリシステムがどうなってしまうのか、もはや翔の想像の及ぶところではない。

3

会議室には、十人ほどの人間が集まっていた。

首相官邸の一室である。

「先日逮捕いたしましたアグリシステム社長ほかへの取り調べにより、いわゆるマドンナ・ウイルス感染拡大の真相が解明致しましたので、ここにご報告申し上げます」

新田は重々しい口調でいい、テーブルを囲む全員にさっと視線を走らせた。その中には、狩屋や貝原だけではなく、翔や紗英、そして根尻もいる。

夏真っ盛りで、外は午後二時現在で三十五度を超える猛暑となっていた。そんな中でも、かすかにシュプレヒコールが聞こえるのは、この日もまたアノックスによる抗議デモが行われているからだ。

――ご苦労なこった。

翔はここにくる前に見た大勢のひとたちの姿を見て思った。幟《のぼり》のもとに集まり、内閣退陣、感染症拡大陰謀説を訴えるデモ隊は、もはや新興宗教に等しい底なし感がある。

ややこしいのは、現実世界もまた陰謀論に負けず劣らずバカげていることだ。現実と空想の境界線がこれほど曖昧《あいまい》になる時代を誰が想像しただろうか。

「ことの発端は、いまから二十年ほど前。古沢恭一というひとりの学者による古代ウイルスの発見に遡《さかのぼ》ります。古沢さんは、フィールド調査で発掘した冷凍マンモスから古代ウイルスを発見し、さらに当地で過去に起きた感染拡大を調査しますが、古沢さんの死によってその研究は未完のまま封印されました。ところが近年、古沢さんの研究に再び着目する研究者が現れました。かつて古沢さんのライバルだった、京成大学理学部の並木又次郎教授です。諸般の事情でそれまでの研究に行き詰まった並木教授は話題性のあるあらたなテーマを求めていました。それがかつて大学の先輩だった古沢さんの研究だったのです。そして、冷凍マンモスからウイルスを検出する研究はあるスジからの注目を集めます。その一社が国際的な軍事企業、ボイニッチです。敵国への武器の売買をはじめ、カネになることなら何でもやるといわれる会社です。その古代のウイルスこそ、現実に日本社会で感染拡大しているマドンナ・ウイルスと呼ばれるものでした」

新田の説明を、紗英は瞬《まばた》きもしないで聞いている。

「並木教授はボイニッチから古代ウイルスの発見を請け負います。その後の我々の調べによりますと、並木教授はイワノフ教授と共同で発掘した冷凍マンモスから古代ウイルスを採取してボイニッチに渡し、五千万円の代金を受け取っています」

翔にとっての問題は、ここからであった。

「一方、アグリシステム社長の手塚隆博は、大学卒業後アメリカに留学。その後、海外企業を渡り歩いてキャリアを積み上げてきた人物です。しかし、そのキャリアの中に、ボイニッチでの三年間が含まれていることはいままであまり知られていませんでした。彼は、いまだにボイニッチ経営陣と深いつながりがあり、彼らから古代ウイルスの売り込み、そして前代未聞の計画を持ちかけられます。まず、ウイルスを世の中にばら撒き、感染拡大を見計らって、いち早く治療効果のある食品を発売する。大ヒット間違いなしです。それが『マンモスくん』でした。つまり今回のウイルス騒ぎは、ボイニッチと手塚隆博による、国民を巻き込んだ自作自演だったわけです」

「ひとつ、わからないんだが」

泰山が口を開いた。「並木教授はなぜ、どこで感染したんだ」

「その点ですが」

その質問を待っていたとばかり、新田は眼光を鋭くした。「並木教授は、アグリシステムに対して数億円の対価と口止め料を要求していたそうです。その態度に危機感を抱いた手塚社長の指示で、シベリアから日本に帰る機内で、ウイルスの付着したマンゴーゼリーを差し入れ、食べさせたそうです。このことは、目下、快復途上にある並木教授の証言によっても裏付けられました」

「つまり、欲の皮の突っ張った連中のゴタゴタにマドンナが巻き込まれたというわけか」

無念の境地で、泰山は目を怒らせる。

アグリシステムと元麻布《もとあざぶ》にある手塚社長の高級マンションは家宅捜索を受け、川崎工場の開発部門からは管理されたマドンナ・ウイルスと、治療薬開発に関わる実験データや開発の経緯を示す資料が大量に押収されていた。

この事実はすでに公表され、衝撃をもって世の中に受け入れられた。結果、アグリシステムの株価は暴落。社会の信頼を根底から失い、いまや存亡の危機に立たされるまでになっている。

今後の捜査の焦点は、果たしてこれがアグリシステムという会社の犯罪なのか、ボイニッチの誘惑に乗った手塚隆博という個人の犯罪なのかということであるが、翔にとってはもはやどうでもいいことであった。

ウイルスとは関係なく当面自宅待機——。

そんな指示が翔のところにも届き、いまや失業寸前といったあり様だ。

ひと通りの説明を終えた新田に、

「ちょっといいっすか」

挙手したのはその翔である。つまらんことを質問するなよ、という目で泰山がじろりと睨《にら》んだが、お構いなしだ。

「それで、問題のウイルスなんだけど、冷凍マンモスから採れたってことでいいんだよね。実は、そこんとこが紗英先生としては問題なんだ。オヤジさんの名誉がかかってるんでさ」

「武藤くん——」

新田の報告に深刻な面差《おもざ》しで耳を傾けていた紗英が、はっと顔を上げた。翔は続ける。

「もし、冷凍マンモスから出たウイルスなら、それは並木教授が最初に発見したものじゃない。二十年前、帝国理科大学の研究者だった古沢恭一という学者がすでに発見してたもので、ホントなら〝古沢ウイルス〟って名前がついててもおかしくなかったんだ。だから――」

「ちょっと待ってください、翔ちゃん。いま、社会に対する犯罪という重いテーマについて報告を受けているんですから」

狩屋がいった。「そういう些末《さまつ》なことは、後に回して――」

「些末なことじゃねえよ」

翔は語気を荒らげた。「オレたちにとっては、重大なことなんだ。だいたい、並木教授は古沢さんの研究をパクってただけなんだかんな」

「武藤くん。もういいから」

なおも発言しようとする翔を紗英は制した。「――ありがとう」

ぶつぶつと言葉を飲み込んだ翔が感じたのは、世の中の理不尽だ。

本来評価されるべき人間が報われず、小狡《こずる》く振る舞う者ばかりが日の光を浴びる。真剣にウイルス研究に取り組んだひとりの学者の功績が横取りされ、ねじ曲げられ、卑劣な金儲《もう》けに使われる。自分が発見したウイルスが、こんな事態を招いたと知ったら、古沢恭一は死んでも死にきれないだろう。その悔しい気持ちは、紗英も同じはずだ。

「余計なこといっちまって、すみません」

官邸で新田の報告を聞いて会議室を出た翔は、つぶやくように詫《わ》びた。

「いいんだ。いってくれて――うれしかった」

会議の間中、様々な思いからか青ざめた横顔を見せていた紗英は、力ない足取りで歩いている。

「眉村先生、翔ちゃん。大学までお送りします」

そのふたりに声をかけてきたのは、貝原であった。

4

「またデモかよ。カンベンしてくれや」

貝原がハンドルを握るクルマで走り出してまもなく、歩道を埋めるデモに出くわして、翔が顔を顰《しか》めた。「これももしかして例の――」

「陰謀論、です。いまや日常的な光景になりつつあるところが恐ろしい」

信号待ちの車列の両側を、何事か叫びながら行進する人の群が動いている。

貝原が軽くハンドルを叩《たた》き、舌打ちした。感情をめったに表すことのない男にしては珍しい反応である。

どこまでいっても終わりが見えないデモは、いかほどの人数が集まったのか、想像もつかない。

「なに考えてるんだ、こいつら」

「アグリシステムの犯罪が暴かれたことで、陰謀論者たちが勢いづいてるんです。彼らはいまや、アグリシステムは武藤政権にはめられたという見解で一致しています。なぜか私まで名指し糾弾されてまして。武藤憎けりゃ秘書まで憎いだなんて、ひどいです」

たしかに、プラカードのひとつに貝原の名前もあった。「悪の手先、貝原茂平」だ。

「オヤジにこき使われた挙げ句、これか。報われねえな。そんな人生でいいのか」

「こうみえても私はプロの秘書です、翔ちゃん」

貝原は運転席で毅然《きぜん》と言い放った。「性格が悪くても、政治家として立派なら、まだ我慢のしがいがあるってもんです」

「褒《ほ》めてるのかけなしてるのかわかんねえぞ」

後部座席にもたれ、手を頭の後ろに組んだ翔は、横目で、黙ったままの紗英を一瞥した。

じっと窓の外に視線を転じている紗英は、心に立つ波風をやり過ごそうと堪《こら》えているようにも見える。

デモには、翔と同年代の若者も大勢参加していた。

「こいつらは何かを信じたいのかも知れねえな」

それを見た翔は、頭に浮かんだことをぼそりと口にする。

この世の中に、これだけは正しいといえるものがどれだけあるだろう。ニュースを見れば、政治家は贈収賄《ぞうしゅうわい》で逮捕され、失言や不倫のオンパレードだ。モノ作りだ、高品質だとエラソーなことをいってる大企業もここのところ目に付くのは、品質検査のでっち上げやデータ偽装ばかりではないか。

オカルトか都市伝説のような陰謀論を信じて暴力も辞さない連中にも、何かを信じなきゃやってられない諸般の事情というやつがあるのではないか。しかし、お互いに相手を罵《ののし》り合い、拒絶して聞く耳をもたなければ、できあがるのは些細なことで非難し合う不寛容の世の中であり、分断だ——。

実際、翔がこんな小難しい言葉を使ったわけではなかったが、拙《つたな》い言葉を連ねながら、おおよそこんなことを考えたらしいのは、いつにない物憂《ものう》げな表情から見て取れた。

そのとき、

「さっきの新田さんの説明で、ひとつ気になることがあるんだけど」

デモで足止めを食らっているクルマの後部座席で、紗英がぼそりといった。

「気になることって、なんでしょうか」貝原がルームミラー越しに問う。

「新種のウイルスの件です。父が発見したと記録にあったふたつめのウイルスについて、新田さんは言及しなかった」

「それについて、実は私からお話ししようと思っていました」

貝原がいった。「アグリシステムを捜索しましたが、発見されたのはマドンナ・ウイルスだけだったそうです」

「じゃあ、ふたつめのウイルスは未発見ってことか」

翔がきいた。「あのベルボーイの感染を引き起こしたっていうウイルスのことだよね」

「ベルボーイじゃなくて、ベルホーヤです、翔ちゃん」

こめかみのあたりを揉《も》みながら、貝原は続ける。「それについては私も翔ちゃんから話を聞いて、集められるだけの資料を集めてみました。後でご覧いただけますか」

デモをやり過ごした翔たちが、京成大学の研究室に到着したのはそれから二十分ほど後のことだ。

　クルマのトランクから貝原が運びこんだのは、段ボールひと箱分もある資料である。

「ロシア連邦で起きたウイルスや細菌、医療に関する論文や統計資料です。実はベルホーヤでの感染を探したんですが、該当するものは見当たりませんでした。それで調査範囲を広げていったんですが――」

「それがこの山かよ」

　呆れたように翔がいった。手にしてみると資料はどれも英語かロシア語で、いくら語学堪能《たんのう》な貝原でもこれを読みこなすのは至難であったろう。

「ロシア大使館にも問い合わせましたが、そのような感染事例は見当たらないという返事がありました。全面的に信用するわけではありませんが、感染研究所の根尻先生もこの町の感染事例は聞いたことがないと」

「だけどさ、紗英先生のオヤジさんが書き残している以上は、何かあったはずだ。国家に隠蔽《いんぺい》されてるとか、そんなんじゃねえの」

「かも知れません」

貝原は否定しなかった。「話を聞いたロシア大使館のアドモフ一等書記官は以前からの知り合いなんですが、興味を持ってくれたみたいで自分でも調べてみると約束してくれました。何かわかったら連絡してくれるそうです」

「しかし、早くしないとヤバいことになるかも知れねえな」

警戒の色を浮かべて、翔はいった。「もし、その新種のウイルスが日本に入ってきたら、マドンナ・ウイルスどころの騒ぎじゃねえ。もしかしたら、日本人がみんな死んじまうかも知れないんだから」

「もどかしいな」

そういって紗英は額に指を押しつける。「せっかく、父が研究資料で警告してくれてたのに、手がかりすらつかめないなんて。——父の研究を無駄にしたくない」

それは紗英の心の叫びに違いなかった。

第八章　総理の演説

1

お盆に大規模なデモが呼びかけられているらしいです、と血相を変えた狩屋が報告にきたのは、八月十日過ぎのことであった。

「五万人規模になる可能性があるそうです」

「五万？」

俄《にわか》には信じられず、泰山は聞き返した。

「アノックスが全面攻撃を呼びかけてるとか」

「これですね」

貝原が差し出したソーシャル・メディアのアカウントには、大量のメッセージが投稿されていた。

曰《いわ》く、「ウイルス拡散を目論《もくろ》んでいた真の黒幕は、武藤内閣」であり、「いまこそ、立ち上がるときが来た」。「我々は強くなければなら」ず、「支配層の陰謀を阻止するために攻撃も辞さぬ」と。「集まれ。力を見せるときだ」と結ばれている。投稿しているのは、主にアノックスのリーダー、室伏であった。

　これに過激な反応が続き、数十万人が追従し、同意を示す印を残している。

「これによると午前十時に渋谷に集結し、そこから青山通り、三宅坂《みやけざか》を通って国会議事堂前に来るそうです」

「いったい、日本人はどうなっちまったんだ」

　泰山は嘆息し、壁の一点を睨《にら》み付ける。そして、

「そんなにオレが憎いのか」

　誰にともなくつぶやいた。「オレが退《ひ》けば、奴らは納得するのか」

「納得しません、先生」

　貝原が毅然《きぜん》と断じる。「奴らは次の攻撃のターゲットを見つけるでしょう。そして根も葉もない陰謀をでっち上げて暴力に及ぶ。この流れは終わりません」

　不退転の決意を滲《にじ》ませ、泰山は刮目《かつもく》した。

「民主主義を守るために、オレは一歩も退く気はない。ここで退いたら負けだ」

「腕の見せどころです、先生」

　貝原もまた気魄《きはく》の眼差《まなざ》しで追従の志《こころざし》を見せる。

しかし、対応を誤れば〝政局〟になるのは間違いないところだ。

風雲急を告げる気配が、永田町の上空に渦巻き始めた。

見計らったように城山からそんな電話が入ったのは、その日の予定が捌《さば》けた午後六時半過ぎのことだ。

「泰山、ちょっと顔を貸してくれ」

場所は、赤坂《あかさか》にある高級鉄板焼き「天穹《てんきゅう》」。カウンター席主体の店だが、十人ほどが入れる隠し部屋がある。城山の大のお気に入りで、この店が重要な根回しの舞台になったことは一度や二度のことではない。むろん、この日泰山が呼ばれたのにも相応の意味があるはずだ。

薄暗い店内を店員に案内されてその個室に入ると、先に来ていた五人の男が一斉に泰山を振り向いた。

「おお、来たか泰山。先にやっとるぞ。まあここに座れ」

上機嫌の城山は、空いている隣の席を泰山に勧め、「ビールにするか、それともワインか」、ときいた。

「困りますね、緊急事態宣言中は大人数の会食は控えていただかないと」

苦言を呈した泰山に、「そんなものは下々の者たちの話だろう」、と城山はまったく聞く耳持たなかった。「我々政治家は特別だろうが。違いますかな」

城山はそんなことをいって同席している会食者に不敵な笑いを浮かべてみせる。

カウンターに並んでいる後の四人は与党民政党の派閥の領袖《りょうしゅう》たちだ。隠然たる力をもって政治を牛耳《ぎゅうじ》るこの老人たちは、様々な利権にあぐらを掻《か》き、盤根錯節《ばんこんさくせつ》の事情に通じ、党内人事から政策にまで口を挟む老害以外の何ものでもない。

とはいえ、泰山が総理の椅子に座れたのも、「元老院」と陰口をたたかれるこの長老たちの賛同があったからに他ならなかった。味方にしておくには便利だが、実体は旧態依然たる昭和的価値観に生きる化石のような者たちで、パワハラ、セクハラの意味すら理解していない厄介な相手である。

世話にはなったものの、泰山はこの連中のことを心底、軽蔑《けいべつ》していた。こんな奴らが領袖としてふんぞり返り、国の将来より関係団体の利益を優先するよう根回しをし、時に私欲のために圧力をかけてくる。どこかの田舎町の政治家とさして変わりはしない。日本の政治のいわば「がん」である。

見れば城山は、高級なカリフォルニア・ワインを呑《の》んでいた。

「じゃあ、それいただきます」

泰山がいってグラスを掲げると、腹に一物を抱えた権謀術数《けんぼうじゅつすう》の会食が始まった。

料理は美味だが、長老たちのしわがれた声で語られる傲慢《ごうまん》で下世話な話を聞いていると、腐った肉でも食わされているような気がする。たいがい、泰山も人間として褒《ほ》められた口ではないが、この長老たちに比べれば清廉潔白に見えるほどだ。

「今度のバカどものデモはかなり問題が起きそうだなあ、泰山」

ようやく本題が切り出されたのは、メイン料理の皿が片付けられた後であった。バカどもとは、陰謀論者たちのことだろう。

そういった茂《も》木《ぎ》正一《しょういち》は、城山に比肩する民政党の有力者で建設族。茂木派の領袖だ。

「公安、警察と協力して対策には万全を期しておりますので、どうぞご安心ください」

「安心なんかできるもんか」

茂木は言下に吐き捨てた。「そもそも、そんな抗議デモが数万人単位で起きること自体、国民の信を得ていない証明だろう。そろそろいいんじゃないか、泰山」

引き際だとでもいいたいのか。泰山は黙ってグラスを傾けている。

「まあまあ、茂木さん」

城山が割って入った。「泰山内閣だって、発足一年も経ってないんだから、いまここでそんな厳しいことをいわんでもいいでしょう」

「あんただって密《ひそ》かに小中と会っとるそうじゃないか。節操がない」

城山の取りなしを茂木は一蹴《いっしゅう》するのだが、もとより、この五人に節操などカケラもない。

「ただ、あの男ならどこかの誰かさんと違って、民政党の人気を盛り返してくれそうだがな」どうやら茂木もまた、「小中推し」らしい。

「私からいわせれば、陰謀論なんぞが流行《はや》り出す前に手を打つべきだったな」

竹田《たけだ》康造《こうぞう》がいった。御年八十三歳の最長老にして、これも手に負えない政治家のひとりである。

「たとえばどういう手ですか、竹田さん」

傍《かたわ》らから、徳田《とくだ》派の徳田道生《みちお》が問うたが、「しかるべき手だ」、という答えにならない答えで茶を濁す。批判するばかりで答えは持ち合わせていないのである。

「いずれにせよ、この状況が党勢を削《そ》ぐことになるのは明らかだ。国民が求めているのは分かりやすい手打ちだ」

最後にいったのは、くせ者の江《え》並《なみ》清介《せいすけ》。最小派閥を率いているが、総裁選が拮抗《きっこう》したとき江並派がキャスティング・ボートを握る場面が何度かあって、無視できない相手である。

「手打ちとは」

そろりときいて、泰山は手にしたグラスを下ろした。

「国民と民政党の間の手打ちだよ」

江並はくせ者の片鱗《へんりん》を見せて冷酷な笑いを唇に浮かべた。「国民は政府に怒っている。理由はいろいろだがね。そして、我々党内にも、それに同調とまではいかなくても、理解を示す声は多くある。我々も含めてだぞ、泰山。いま国民が求めていることはなんだろう。今度のデモ隊の怒りの矛先《ほこさき》は何に向けられている」

「つまり、私に身を引けと」

泰山が問うと、江並は大げさに驚いてみせた。

「私はそこまではいっとらんよ。ただ、国民が望むことをするべきだといっている。ですな、茂木さん」

「我が党は民意とともにある。ウイルスを過大評価した挙げ句、拙速な緊急事態宣言で経済を混乱させたことには経済界から多大な批判が出ている。ついでに、東京都の独自路線を看過し、感染者を激増させたとあらば、誰かが責任を取らねばならん」

　意味ありげに、泰山を見た。

「そういうことですか」

　泰山はこの日呼ばれた目的をようやく理解した。

「泰山、オレは別にお前にすぐにやめろなどと思ってるわけではないぞ」

　城山はいつもの家紋入りの扇でバタバタとやりはじめた。「お前を呼んだのは、他の皆さんと意見交換することも大事だと思ったからだ」

「お言葉ですが、私は辞するつもりはございません」

　その城山はじめ領袖たちに、泰山はきっぱりといった。

　あまりに毅然と言い放ったために、何か見えない爆弾がそこではじけたように、長老たちがのけぞったほどである。

「地位に恋々《れんれん》とするのか」

　即座に言い放ったのは竹田である。「みっともないことですなあ、城山さん」

　泰山にではなく城山にいうところが嫌らしい。

「なあ、泰山。そう熱くなるな」

　城山が取りなそうとするのを、

「皆さんの目は曇っておられるようです」

泰山が遮《さえぎ》り、シャツに入れたナプキンを丸めてテーブルに置いた。「それとも、皆さんも陰謀論者になられたのでしょうか」

「なんだと」

竹田が目を剝《む》いたが、泰山は涼しい顔をしている。

「至誠《しせい》天に通ず。私の胸中は、明鏡止水《めいきょうしすい》のごとく澄み渡っております。辞することなどいつでもできる。だが、私が辞したところで誰がその後を継ぐんですか。皆さんお気に入りの小中寿太郎ですか。あの男は人気取りだけが得意なだけで中身は空っぽですよ。あんな男に国の政《まつりごと》ができると本気で考えているのなら、あなた方は相当の虚《うつ》けということになる」

なにっ、と老人たちが一様に激したが、「私はこのへんで」、泰山は顔色ひとつ変えずその席を立って、さっさと店を出た。

待たせてあるクルマの後部座席に乗り込むと、

「お疲れさまでした、先生。いかがでしたか」

助手席から貝原が問うてきた。

「ああ、いつものことだ。うまい肉だった。今度、一緒に行こうや、貝原」

「恐れ入ります」

クルマは走り出すと、一路、泰山の自宅のある松濤へと向かう。道路は空《す》いていて、昼間の熱をまだ残している夜の街はまだ閑散としていた。アグリシステムから押収したデータで、正式なワクチンと治療薬が作られようとしているが、完成時期は未定。あとどれくらいすれば以前の活気が戻るのか、泰山にも正確なところはわからない。一方で気になることもあった。翔たちのいう、第二のウイルスの存在だ。もしそれが市中感染に及んだとき、果たしてどんな修羅場《しゅらば》が待ち受けているのか想像もつかないのだ。

平和な夜だが、泰山にとってそれは、嵐の前の静けさ以外の何ものでもなかった。

2

テレビのニュース映像が渋谷駅前に集まった群衆を映し出していた。生中継だ。ハチ公前広場を埋め、通行止めになったスクランブル交差点まで人で溢《あふ》れ返っている。

画面に映し出されている人々は様々だ。

学生とおぼしき若者もいれば、子供を連れた若い母親もいる。髪を染め、ピアスをした暴走族だかロッカーだか、えたいの知れない連中、そして会社のメーデーにでも参加するノリで集まっているサラリーマン風の人々もいる。

共通しているのは、どれも陰謀論信者だということだ。

荒唐無稽《こうとうむけい》な流説《るせつ》を信じるのには、いろんな理由があるだろう。失業、生活苦、自己実現――。そして、彼らだけではなく、この中には日本の既得権益者に対する危険思想を抱き、根拠のないデマを事実だと固く信じている危険な連中も多々含まれていた。

「あっ、室伏英二ですよ、泰さん」

　カメラがアップになって、ひとりの人物を映し出したとき、狩屋が指さした。

　アノックスのリーダーは、目鼻立ちがくっきりとした表情に静けさを湛《たた》えた目で、自分を取り巻く信者に何事か語りかけていた。

「こんなのが大学教授なんて、よくクビにならないな」

　呆《あき》れたように翔がいった。

「本人は、社会的実験だと嘯《うそぶ》いてます」と貝原。

「そんなことより、なんでお前がここにいるんだ、翔」

　泰山が心外そうに尋ねると、

「おふくろがさ、今日のことは近くで見ておけっていうからさ」

　そんな返事があった。

「まったく、綾のやつ」

　泰山が顔をしかめたとき、画面で動きがあった。

　ハンドマイクを手にした室伏が、群衆に向けて語りかけたのだ。

「我々の運命を担うのは、我々自身です。この世の中には、我々の目の届かないところに、陰謀が渦巻いている。あたかも我々が悪いかのように仕組まれ、計算された社会の中で、我々はどうあがいても勝てない戦いを強《し》いられてきました。ですが、いま我々はその茶番劇に気づいた。許しがたい相手が目の前に存在していることを知ったのです。いまのまま何もせず、手を拱《こまぬ》いていれば、我々の人生は変わりません。いまと同様、いやいま以上に虐げられた生活を受け入れなければならなくなる。その一方で、我々の苦しみをあざ笑い、私利私欲で世の中を牛耳り、私腹を肥やし欲望を満たしている者たちがいる。我々はいまこそ、行動するべきです。この社会を苦しみに変えてきた害悪を排除し、我々の手で、声で、正しい世の中を獲得するのです。既存のルールでは、もはや我々が救われることはありません。新たなルールが必要なのです。我々が自ら作り、自ら守るべき真に必要なルールが求められているのです。今日、我々の正義と決意を、悪徳にみちた権力者たちに示すときが来ました。これから、我々は彼らのもとへ向かい、我々の意志の力を示しましょう。さあ、皆さん、我々の道を進みましょう。前を向き、歩き出しましょう。これは未来への一歩です。皆さんを幸せにし、将来を豊かにする前進です」

室伏の穏やかな口調とは裏腹に、群衆が掲げたプラカードは過激で熱を帯び、暴力と死に飢えていた。見えない力に導かれたかのように動き出した群衆は、瞬《また》く間に道路を占拠し、渋谷の街を異様な気配で支配し始めている。

室伏が直接言及しないまでも、過激な思想と陰謀を盲信する連中が参加するこのデモが、暴力に行き着くのは半ば必然であった。

そして、それはすでに始まろうとしていた。テレビカメラが、銀行の窓ガラスを割って暴れている暴徒を映し出したのだ。ハンマーを振りかざす暴徒と警官たちの小競《こぜ》り合いが、あちらこちらで起き始めていた。

そんな中、悠然として騒擾《そうじょう》の最中《さなか》に立ち尽くしていた〝プロフェッサー〟室伏が動き出した。

「移動し始めましたよ、泰さん」

青山通りに入ったデモ隊を、警察車両が遠巻きに監視していた。上空にヘリが飛び、厳戒態勢ではあるものの、ひとつ間違えば取り返しの付かないことになるのは目に見えている。戦争が始まる前のような、生臭い緊張感に満ちていた。

一方、泰山が想起したのは、半世紀前の安保《あんぽ》闘争だ。しかし、かつて日米安全保障条約の改定に反対し抗議せんとおこなわれた闘争と比べると、このデモには決定的な違いがあった。国を思う志も、拠《よ》って立つ根拠もあまりに希薄であることだ。

大規模デモは青山通りを練り歩き、三宅坂から国会議事堂近くまで到達したのはおよそ二時間もしてからだ。テレビの特番は、何かが起きるのを期待してか、ずっと生放送でその様子を流し続けている。そのとき――。

神輿《みこし》に担がれたひとりの男が現れた。

「あれっ、小中ですよ、泰さん」

狩屋がテレビ画面を指した。「やっぱり裏で結びついてたんだ」

デモの先頭に立つ室伏と握手した小中は、神輿に乗ったまま、デモの先頭に立っている。

「陰謀論者にとって、小中都知事は不正をただすヒーローですからね」と貝原。

大歓声に包まれ、満面の笑みで手を振っている小中は、群衆をかき分けてちょうど国会議事堂正面ゲート前に到着するところであった。

「えらい歓迎ぶりじゃねえか」

冷ややかに泰山はいい、テレビ画面の小中を睨み付ける。「陰謀論者たちの救世主というわけか」

運び込まれた即席の演台に上がった小中は短い腕を両側に広げ、気持ちよさそうにデモ隊の歓声を浴びている。

どれだけそうしていたか、マイクを手にした小中が叫んだ。

「みなさーん、元気ですかっ！　いくぞ！　ダァーー！」

「いきなりアントニオ猪木《いのき》のパクリですよ、泰さん」嘆息まじりに狩屋がいった。

「まあ、群衆は喜んでますけどね」

貝原は軽蔑の眼差しだ。「この人、自分で演説考えたことないんじゃないですか」

「我々が山に登るのは、そこに山があるからです。天才は一パーセントの閃《ひらめ》きと、九十九パーセントの努力で成り立つ。我々も同じです」

フレーズをひとつ口にするたび、小中は言葉を切り、群衆の賞賛に身を浴している。

「意味がわからんな」

泰山がいった。「頭の中を見てみたい」

「しかもみんなパクリです」もはや貝原もうんざり顔である。

「今日はみなさん、お疲れさまでしたーっ！　ありがとうね、ありがとう」

マイクを両手で捧《ささ》げ持ち、右から左へ何度もお辞儀をすると、「それじゃあ最後にいってみようかーー！」

「コンサートかよ」唖《あ》然《ぜん》として狩屋がつぶやいた。

「それではお茶の間の皆さんもご一緒に――」

泰山は思わず、飲みかけの茶を噴き出す。

「お茶の間じゃねえだろう」

「東京ウイルス音頭！」

どこかからイントロが流れ、演台の上で小中が手拍子を始めた。国会議事堂前の数万人が一斉に手拍子を始め、陰謀論者たちの盆踊りが始まろうとしている。

もはや泰山も狩屋も、そして貝原や翔までも、言葉をなくして見つめるしかない。中継しているテレビのアナウンサーすら絶句するほどだ。

「今宵《こよい》はありがとう」

踊りを終えたデモ隊の前で、小中は額の汗を拭《ぬぐ》った。

「何が今宵だ。真っ昼間じゃねえか」泰山がいった。

「それでは最後に、私に一分ください」

「またパクってますよ」

狩屋が呆れると、「いまの、なんのパクリ？」、翔がきいた。

「一九八四年紅白歌合戦の鈴木《すずき》健二《けんじ》アナウンサーですね」と貝原。

「やっと演説する気になったようですよ、泰さん」

そのとき小中がいった。

「みなさーん、武藤内閣はお好きですか。――イエス？」

激しいブーイングが起きた。「それとも――」

――ノー！

「ウイルスが拡散したのは、誰かの陰謀なんです。誰の陰謀かわかりますか、みなさん。いわんでも、わかりますね」

首相官邸の方を指さし、上下に揺らしている。「いま武藤泰山は、テレビでこの集会を見てまっせ。みんなで声を合わせていいましょう。武藤泰山、総理をやめなはれ」

数万人のシュプレヒコールが繰り返された。

武藤内閣退陣せよ。緊急事態宣言解除せよ。失業者に補償せよ。国民に謝罪せよ――。小中は言いたい放題だ。

やがてその小中に並んで、室伏が登場すると、デモ隊の興奮は最高潮に達した。

どこからともなく人形が登場したのはそのときである。

泰山を模した人形であった。

「この野郎……」

テレビ画面を見つめる泰山は怒りに青ざめ、ぐるるっ、とライオンのように低い唸《うな》り声を発し始めた。

「日本を腐らせた男は万死に値する」

室伏は叫ぶや、それまでの冷静さをかなぐり捨て、泰山人形にパンチを食らわせた。

一発、二発――そのたびに群衆が沸き、歓喜の叫びが上がる。

人形がその中に投げ入れられると、狂気の宴《うたげ》が始まった。

足蹴《あしげ》にされ、投げ飛ばされ、足がもげ、手がもげていく。最後に頭だけになった泰山人形は、さらし首のように棒に突き刺され、燃やされ始めた。

屈辱の眼差しで、瞬《まばた》きも忘れ、泰山はそれを見ている。

どれだけそうしていただろう。

泰山がすっくと立ち上がった。

「先生――？　どちらへ」

その形相にただならぬ気配を察し、貝原が問うた。

「話をしに行く」

「は？」

聞き間違いではないか、という顔で、貝原がぽかんとした。それも束の間、「先生、いけませんよ。危険です」、と慌てて制そうとする。

「オヤジ、やめとけや。殺されるぜ」

さすがの翔も止めたが、泰山は聞く耳もたなかった。

「オレは行く。これは民主主義を守る戦いだ」

ひと言言い残すや、皆の制止を振り切って執務室を後にしたのである。

3

「おい、オヤジ！」

その背中を追いかけようとしたとき、貝原のスマホが鳴り始めた。

「あっ、失礼」

「貝原、こんなときに電話なんかしてる場合か。オヤジを止めてくれ」

「ロシア大使館のアドモフ書記官なんです」

翔にいい、「――はい、先日はどうも」、貝原は走りながら電話に出ている。

「えっ、本当ですか。ありがとうございます。ええ、このお礼は今度ゆっくり。ワインでも。いいのがあるんですよ」

「世間話してる場合か、貝原！」

翔に睨まれて首をすくめた貝原は、「ちょっといま取り込み中でして。失礼します」、そそくさとスマホを切るや、「それらしい事例を見つけたそうですよ」、といった。

「事例ってなんだ」

「ほらベルホーヤの感染事例ですよ。しかも大至急見て欲しいとのことです」

「よりによって、こんなときにか」

官邸の外に走り出ると、すでに泰山のクルマが出た後であった。

単身、デモ隊の最中へ飛び込もうというのである。

「無謀だ、泰さん」

狩屋が青ざめ、「おい、総理を守れ！」、浮き足だった警備担当者に命じると、「くそっ」、と吐き捨て、永田町にある民政党本部に電話をかけた。

「大至急、選挙カーを一台、官邸に寄越《よこ》してくれ。大至急だ！」

それから翔と貝原を振り向くと、まるで零戦《ゼロせん》で出撃する前の兵士のように直立し、悲壮な顔で、

「私も行ってきます、翔ちゃん。貝原くん」、とそういった。

「狩屋のオヤジ、行くのか」

「止めないでね、翔ちゃん」

狩屋は眉《まゆ》をハの字にして、翔の手を握りしめた。「この前まで小っちゃかったのに、本当に大きくなって。翔ちゃん、立派な社会人になってください」

「縁起でもないことをいうな、狩屋のオヤジ」

「貝原くん。あとのことは頼む」

今生《こんじょう》の別れのように告げるや、やがて猛スピードでやってきた選挙カーに飛び乗った。

「国会議事堂へ頼む。総理をお守りするんだ。急げ！」

狩屋のひと言で、選挙カーは猛然と車道に飛び出していく。

「翔ちゃん、これ以上我々に出来ることはありません。向こうには機動隊もいます。後は任せて戻りましょう」

再び執務室に戻った貝原のノートパソコンに、アドモフ書記官からのメールが届いていた。メールのタイトルには英語で「大至急」とある。

「こんなときに大至急もへったくれもないもんだぜ」

再びテレビをつけると、ちょうど泰山のクルマが群衆に取り囲まれるところであった。

「ほらみろ、ハイエナの群に飛び込むようなもんだ」

それでも、泰山のクルマは人をかき分けるようにして前に進んでいる。クラクションを鳴らし、ゆっくりと進む先に固くゲートを閉ざした国会議事堂の門が見えてきた。

神輿の上の小中が驚いた顔で、向かってくるクルマを見下ろすのが映っている。いまや本性を現した室伏が腕を振り回して群衆を煽《あお》り始めた。

怒り狂い、指を突き上げ、何かを叫んでいる群衆たちは、飢えたオオカミかハイエナの集団であった。その中に泰山は単身、乗り込んだのだ。

「オヤジ……」

翔がつぶやいたとき、泰山を乗せたクルマが小中の演台の前で停まった。その背後から狩屋の選挙カーが追い付くのを待つと、屈強な男たちにガードされた泰山が、選挙カーの屋根に上っていく。

「泰さん、泰さん」

アップになったテレビ画面からも、狩屋が呼びかけているのがわかった。官房長官からじきじきに差し出されたマイクを受け取る様は、どこか神聖な儀式めいている。

いまや泰山は、ヤジの飛び交う中、自分憎しと見つめている数万人の群衆の視線を一身に受け止めていた。

「なんてこった。――オヤジ、気でも狂ったか」

頭を抱えた翔だが、

「これがアドモフ書記官からのメールです」

貝原にいわれて視線を転ずると、送られてきた文面がプリントアウトされていた。

「ダメだ、英語だ。読めねえし、オレ」

「よく見てください、翔ちゃん。これ、ローマ字です」

「なに？」

翔は改めて、その文面を読んでみる。

Kaibara-san kara otazunenoken hitotsu no omoshiroi jirei wo mitsukemashita.

「〝貝原さんからお尋ねの件、ひとつの面白い事例を見つけました〟、かよ。しかし読みにくいなこりゃ。貝原、なんとかしてくれや」

「アドモフ書記官は日本語は出来るんですが、漢字やひらがなは苦手なんですよ。解読してみましょう」

貝原はローマ字の文面を追い、パソコンに日本語で入力していく。

〝最近開示された当局の記録に当たったところ、一九八六年、ベルホーヤの住民数が記録的に減少していることに私は気づきました。はじめは、自然災害で亡くなったものと思い調べてみましたが、そのような記録はどこにもありません。その後さらに記録を調べたところ、意外な事実が判明したのです。

この年、ベルホーヤでは住民たちによる、政府への抗議行動が先鋭化し、暴動が起きていました。彼らは、ソビエト連邦政府がコサック――この町は十七世紀にコサックたちによって建設されました――を撲滅する計画を立て、自分たちを攻撃対象にした軍隊が派遣されるという噂を信じ込んだのです。やがて抗議デモは暴動に発展し、結果的に政府によって鎮圧されました。その後の裁判で、この暴動が国家への反逆と見做《みな》され、全住民の三分の一を超える五百人ほどが収容所へ送られました。住民数の減少は、こうした事件によるものだったのです。

貝原さんが調べているのは、あくまでウイルス感染拡大の事例であり、これは一見、無関係なものと思われるかも知れません。

最初、私もそう思いました。ところが、知人のつてをたどってベルホーヤ当局者に問い合わせたところ、噂に過ぎないとの注釈付きで、実に興味深い情報を得ることができました。この話はあくまで根も葉もない噂として語られたもので、どちらかというとテレビのオカルト番組のテーマになるようなものです。従って公的なものでは決してなく、私が職務上負っている守秘義務には含まれません。故《ゆえ》に、この情報をもって何らかの事象を裏付ける証明にもなりません。そのことは先にお断りしておきます。

ある日本の学者――名前はわかりませんでした――が十数年後、このベルホーヤの暴動事件を調べるため、当地に滞在し、当時を知る多くの人たちにインタヴューをしていったというのです。

その学者は、暴動についての情報を集めると同時に、残された人たち、そして収容所から戻った人たちの血液をサハ共和国の大学から来た学者たちに協力を依頼して採取、分析したそうです。

その結果、彼は実にユニークな、ユニークすぎて誰もが一笑に付すような結論をそこに見いだしました。

暴動に参加した人たち、荒唐無稽な噂話を信じた人たちは、ある新種のウイルスに感染していたというのです。

そのウイルスは、近くを流れるヤナ川でその前年に発掘された冷凍マンモスから人に感染し、ベルホーヤの町の人たちに猛烈な勢いで感染が拡大。暴動を引き起こしたのは、人ではなくウイルスである、というのが彼の仮説でした。

信じるかどうかは、あなた方の判断にお任せします。

貝原さんが探している古沢さんの情報とは、無関係かも知れません。話に登場するその学者が古沢さんだという証拠もありません。

矛盾するようですが、私はこの事実を信じます。

今日、この日本で起きていることは、まさにベルホーヤの悪夢の再来ではないかと思うからです。

大勢の人たちが疑心暗鬼になり、不寛容であり続け、大規模デモで暴力に訴える現状がウイルスを原因とするものであるならば、日本政府は根本的に対応を見直す必要があります。

ウイルスに感染した人たちを説得しようとしても、それは不可能です。彼らは、もはやウイルスに支配されているのですから。

これを修正するためには、この恐ろしいウイルスを治療する薬と、新たな感染を防ぐためのワクチンが必要になるでしょう。

でも、そんなものはどこにもありません。

できる保証もない。

このウイルスに感染しても、人は死にません。

体調も変わらない。

ただ、何か荒唐無稽な噂を真実と信じ、過激になり、ねじ曲がった主義信条を暴力的な勢いで信奉するのみです。新興宗教の過激な信徒と同じです。

この現代で、そのようなウイルスへの感染が静かに拡大し、やがて国家が乗っ取られてしまうかも知れない。このウイルスは人間の弱さや愚かさに寄生し、仲間を増やしていきます。いまの我々には、このウイルスに対抗する術《すべ》はありません。

私からの情報は以上です。

あなたの幸運を、心からお祈りします――。〟

「か、貝原。これって――」

メールを読み終えた翔が青ざめた顔を上げ、その視線をさっとテレビ画面に移した。

いましも、泰山がデモ隊の前に立ち、熱弁を奮《ふる》おうとしているところである。

「なあ貝原。オレたちはマドンナ・ウイルスを追いかけてたけど、もしかするとそれはウイルスの作戦だったんじゃねえか」

震える声で翔がいった。「その隙に、本当にヤバいもうひとつのウイルスが東京、いや日本中に拡散していたんだ」

「だとすると、人間並みに頭がいいです、このウイルスは。いや人間以上に頭がいいかも」

貝原は衝撃の事実の前に顔面蒼白《そうはく》になり、夢ではないかといわんばかりに、頰《ほお》のあたりをつねっている。

「これは夢でもなんでもねえぜ」

翔は、すっと息を吸い込むと、立ち上がった。「オヤジが危ない。行くぞ、貝原」

立ち上がった翔は、脱兎《だっと》のごとく、首相官邸から飛び出していった。

4

怒号が飛び交い、嫌悪と怒りに満ちた群衆と、泰山は単身、対峙《たいじ》していた。

「お集まりの皆さん、聞いてください。皆さん――」

話しかけても、泰山の声はかき消され、騒ぎが収まる様子がない。

そこで泰山は、両手を広げて瞑目《めいもく》し、彼らが静まるのをひたすら待った。

どれだけそうしていたか。口々に叫んでいた人たちが次第に言葉を収め、「果たして何を始めようとしているのか」、と選挙カーの上の泰山の行動に注目しはじめた。ボリュームのツマミが絞られたかのように、静かになっていく。

　泰山は語り出した。

「政治を語るときが来ました。逃げず、恐れず、お互いを尊重し、暴力ではなく率直な言葉で、本音を語るときが来たのです」

　いま、泰山は目を開き、国会議事堂前を埋め、三宅坂や桜田門の方まで道路を埋める群衆に切り出したのだ。

「武藤泰山でございます。まず、いま一度、私の話をさせてください。私がなぜここにいるのか。なぜ政治家になったのか。そのことから皆さんにお話をしたいと思います」

　単なる群衆から聴衆へと変じた数万の人々に対して、泰山は静かに、そしてどこまでも通る力強い口調で語り始める。

「私の祖父、武藤泰治《やすはる》は千葉の貧しい農村に生まれました。海の近くの村でしたが、家は農家でした。夏は田んぼで米作りに専念し、冬は畑でほそぼそと野菜を作って爪に火をともすような生活をして、曾《そう》祖父と曾祖母は五人の兄弟を養っていました。祖父の泰治はその五人兄弟の末っ子で、尋常高等小学校を卒業した後、当時群馬にあった製糸工場で働きます。ところがその製糸工場が間もなく破綻《はたん》、大変な苦労の末、知人のつてを頼って川崎にあった小さな鉄工所に再就職しました。ところがその鉄工所もまた倒産して、泰治は三十二歳のとき、妻とふたりの息子を抱えて路頭に迷います。そのとき所持金はわずか八十円。親子四人がひと月も暮らせない額でした。

生きるために、泰治はなんでもやりました。日雇い労働、河岸《かし》の荷運び、工場の下働き——とにかく、自分が出来ることは全てやって家族を養おうとしましたが、同時に泰治は様々な困難に直面し、自分の努力だけでは解決できない世の中の仕組み、数々の理不尽を経験したのです。やがてその働きを見ていたある経営者から資金を得、傭船業《ようせんぎょう》で身を立てますが、自分が苦労したときのことは決して忘れず、同じ苦労をしている人たちをひとりでも救おうと政治家に転身しました。そんな祖父の苦労を、私の父は間近で見ておりました。父が事業を兄弟に託し、祖父の後を継いで政治家になったのは、この世の中はまだまだ未熟で、機会平等とは言いがたく、様々な偏見や差別が残っていることを知っていたからです。父には、旧態依然とした旧弊を打ち破り、よりよい社会を自らの力で創るんだという気概がありました」

官邸から貝原の運転するクルマは、途中、群衆によって道路を塞《ふさ》がれ前に進めなくなった。

「くそったれが」

そこでクルマを捨て、貝原とともに徒歩で群衆をかき分けていく。

「こんな連中に話したところで無駄だ。貝原、カリヤンに電話してくれ」

「さっきから電話してるんですが、お出にならないんです」

貝原から悲鳴のような返事があって、翔は舌打ちした。

「どけどけ」

人をかき分けて進む翔の腕を、「おい」、と群衆のひとりが摑《つか》んだ。

「痛えな、てめえ。いまぶつかったろう」

三十歳そこそこのサラリーマン風の男であった。

「そうか、すまなかったな」

翔がその手を振り払った。「先を急いでるんで、後でな」

「なんだと、てめえ」

すでにケンカ腰になっている男は翔の胸倉を摑もうとしたが、何者かにその腕はひねり上げられ、あっという間にねじ伏せられた。

公安の新田である。

「おお、新田のオヤジ。いいところに来てくれた」

「先ほど貝原さんから連絡を受けましたので」

とはいえ、この群衆の中で、翔と貝原をすぐに見つけ出す能力は並外れていた。その腕力もだ。

「とんでもねえことになってるかもしれないんだ」

「アドモフからのメールですか」

新田は知っていた。「私にも別ルートで情報提供がありました」

「どこからそれを」

驚いた翔が振り返ったが、

「それは聞かぬが花です。急ぎましょう」

砕氷船のごとく新田は進むのだが、如何《いかん》せん群衆は分厚く立ちはだかる壁のごとくである。十分近くもかかってようやく、選挙カーの上に乗ってマイクを握っている泰山の姿が遠くに見えてきた。

その近くには、この展開をニヤニヤしながら眺めている小中と室伏がいる。いずれ、泰山が群衆たちの餌食《えじき》になることを期待している顔であった。

「させるか、小中の野郎」

――待ってろ、オヤジ。オレが行くまで死ぬんじゃねえぞ。

突き進む翔の耳に、泰山の演説がいまやはっきりと聞こえてきた。

5

「父は立派な政治家でしたが、志半ばにして五十歳で病に倒れます。私はそのとき学校を卒業して会社勤めをしていました。政治家になるつもりはなかったのです。ところが、そんな私に、死の床にいた父はいかにも悔しげに見えました。祖父が苦労し体験した世の中の理不尽を、父は守られつつも身近な場所で見ていました。そして祖父の遺志をついで世の中をよくしようと政治家になった。その父は、貧しい人あれば手を差し伸《の》べ、理不尽なことあれば一緒に戦う人でありました。祖父も父も、一心不乱に生きようとする人たちに寄り添う政治家でした。私はいまでもそんな祖父と父を心から尊敬しています。祖父も父も、私の誇りであります。祖父のように辛酸をなめながらもくじけず世の中を変えようと立ち上がった勇気、祖父の苦労を自らの人生に重ねて突き進んだ父の執念、私はその生き様を目《ま》の当たりにして育ちました。父の死後、私は会社を辞め、知り合いの代議士秘書となって政治の世界に入りました。そして、祖父や父と同じように、世の中の悪いところ、不平等、不公平、理不尽、様々なものをこの目で見て参りました。そして祖父や父が、どんな思いで政治を志し、なにをしようとしていたのか、どれほどの覚悟で取り組んでいたのか、必死で戦っていたのか、理解しました。自分が弱者だった頃に感じた世の中への不満、人々への愛情、感謝。それこそが祖父、そして父から私へと受け継がれた政治家としての魂です。私がここにこうして立ち、皆さんとお話をしている姿を、祖父と父もどこかで見ています。皆さんの意見を聞きましょう。どうぞ話してください。皆さんのことを教えてください。なにに不満があるのか、この世の中のどこがネックなのか。ぜひ聞かせていただきたい。そして冷静に議論しましょう。世の中がどうあるべきか。なにが足りないか。暴力ではなく、言葉で話し合いましょう。そのためなら、私はいくらでも機会を作りたいと思います」


ようやく翔たちが泰山の選挙カーに辿《たど》り着いたとき、泰山は水を打ったように静まりかえっている聴衆に訴えかけていた。

「あっ、翔ちゃん。貝原くんも。いまいいところなんですよ」

選挙カーの中では、狩屋は能天気なことをいっている。

「大変だ、狩屋のオヤジ。ウイルスなんだよ、ウイルス」

「ウイルス？」

きょとんとした狩屋に、「私からご説明します」、と貝原がアドモフからのメールについて報告する。

たちまち、狩屋が顔色を変えた。

「ど、どうしよう。我々、ここから生きて帰れるかな」

「そんなことより、オヤジに演説をやめさせてくれ。早く逃げるんだ」

翔のいう頭上では、泰山が一世一代の熱弁を奮《ふる》っているところである。

「――時間の許す限り、誠心誠意、皆さんと話し合いたいと思います。そして、できることなら、皆さんとわかり合い、理解し合いたい。私は、皆さんを敵だと思っていません。私も皆さんの敵ではない。そのことを私は話し合いの場で証明したいのです」

「そんな悠長なこといってる場合か。オヤジ、おい、オヤジ――」

翔が選挙カーの裏から呼びかけた。「こいつら、話してわかるようなヤツらじゃねえ！　ウイルスに感染してるんだ。聞いてるのか、オヤジ！」

聞こえていないはずはなかった。

だが、泰山は翔を振り返らない。背中を見せたまま、いま、自分に照りつける真夏の直射日光をまぶしげに見上げる。

「オヤジ……」

翔がそこに見たのは、ひとりの政治家の覚悟だ。

「――武藤泰山、逃げも隠れもしません」

いま放たれたひと言は、聴衆に対すると同時に、翔に向けたものかも知れなかった。

「――いつでも門戸は開いています。閉じることはありません。そして皆さんと一緒に、この日本を幸せな国にしていこうではありませんか。それはいま、この場から始まります。さあ、皆さんの話を聞かせてください」

「オヤジ……」

そのとき、閉じられていた国会議事堂のゲートが密かに開かれた。

「翔ちゃん、逃げてください。ここはあぶない」

新田が翔にいった。「貝原さんも」

「いや、オレはここに残る」

きっぱりと翔はいった。「オレはおふくろに今日のことは見ておけと、オヤジのことを見届けろと頼まれたんだ。だからオレは、ここで見届ける。貝原、お前は先に逃げろ」

「私もここに残ります」

貝原も翔の隣に立ち、選挙カーの泰山の、その背中を見上げた。

大きな背中だった。

自分の父親をいつも間近で見てきたが、このときほど父の存在が大きく見えたことはない。

いま武藤泰山というひとりの政治家が、まさに体を張って民主主義を守ろうとしている。

相手がウイルスに冒されていようと、動ずることなく信念を貫こうとしている。

いま、この瞬間にも、暴動が起きるかも知れない。殺されるかも知れない。

それでも泰山は動かなかった。

そして――。

泰山と民衆との話し合いが始まった。

質問に答え、自らの考えを述べ、さらに民衆の発言に耳を傾ける。

その泰山の後ろ姿を、翔はじっと見つめ続けた。

それは堂々、五時間近くにものぼる、壮絶な対話であった。そしていま――。

真夏の日差しが西に傾き、夕日の残照が泰山の横顔を強く照らしている。

最後の質問は、選挙カーの前にいた若い女性からのものだった。

「総理、いままでいろいろお話ししてくださってありがとうございます。私はいま自分という存在に何の意味があるのか、どんな価値があるのかわかりません。今の世の中のどこを探しても自分の居場所を見つけられないで、今日ここに来ました。ここにいる大勢の人たちが同じだと思います。総理はそれをどうお考えになりますか」

「私は、皆さんのことを尊敬しています」

泰山は語りかけた。「炎天下、問題意識をもってデモに参加し、こうして質疑応答に耳を傾ける。政治に関心のない人にそんなことができるでしょうか。絶対にできません。皆さんは、考えや立場の違いはあっても、この社会をもっとよくしたいと願って、ここにいる。政治に無関心でありつづけるのは簡単ですが、それでは何も変わらない。皆さんのような人が増えることで政治は変わっていくし、世の中も変わっていくと私は信じています。今日、この集会に参加したのと同じように、ぜひ選挙でも投票してください。日本の政治にとって一番良くないのは、みんなが政治に無関心になってしまうことです。だけど、皆さんは違う。こうして自分たちの気持ちを表現するために、わざわざ出てきてくれた。そして私との対話に応じてくれた。こんなすばらしいことがあるでしょうか。大丈夫。あなたのいるべき場所はきっとあります。もし無かったら、これから作ればいい。一緒に作りましょう」

泰山は訴えた。「私は、皆さんを誇りに思います。どうか皆さんも、希望を捨てず、明日を信じて生きてください。本日は、このような機会を与えていただき、心からお礼を申し上げます。皆さんと一緒に、新しい社会を作っていきましょう。私は皆さんの思いを実現させるために、全身全霊をかけて挑戦することをここに誓います」

泰山がマイクを置いたとたん、奇跡が起きた。

静かな拍手がさざ波のように群衆から沸き起こったのだ。それは次第に大きく、広がっていく。

気がつくと、翔もまた拍手に加わっていた。

泰山の後ろ姿を見上げ、必死に手を叩《たた》いている翔の頬を、涙が流れていく。

やがて――。

「――泰山、泰山」

泰山コールが起きた。

「すげえよ、オヤジ。最高にカッコいいぜ」

「そうですよ、翔ちゃん。先生は、すばらしい方です」

目に一杯の涙をためて、貝原は何度も頷《うなず》いている。「もちろん、この対話で全てが解決したわけでも、全ての溝が埋まったわけでもありません。でも、この人たちには伝わったはずです。武藤泰山というひとりの政治家の、政治家たる確たる姿勢を。先生は、ウイルスに勝ったんです」

「ざまあみろ、小中の野郎。あれっ」

翔が振り向いたとき、そこにいたはずの小中の姿はどこにもなかった。アノックスを率いていた室伏もまた同様である。

「あの連中はとっくに逃げ出しましたよ」

狩屋がいった。「自分たちが泰さんの足下にも及ばないと悟ったんでしょう。泰さん、お疲れ様でした」

選挙カーから下りてきた泰山に迎えのクルマが近づいてきた。

颯爽《さっそう》とその後部座席に乗り込んだ泰山を見送った翔は、胸底から湧《わ》き上がった熱いものを感じながら、そのクルマが見えなくなっても、しばらくはその場から動かなかった。

「調査結果によると、デモに参加した人のおよそ七割が、このウイルスに感染していた可能性があります」

　京成大学の研究室で紗英はいい、医者がレントゲン写真を見るように、あらためてウイルスの顕微鏡写真に見入った。

　感染対策チームによる、第二のウイルスに関する調査報告がまとまり、その事前説明のため、この日、京成大の研究室に貝原が差し向けられていた。翔の同席は、貝原が気を利かせて連絡をくれたおかげである。

　これまでの間に、新たにいくつかのことが起きた。

　その中で特筆すべきは、マドンナこと、高西麗子大臣の公務復帰だろう。彼女はグリーンアスパラの金権体質にメスを入れ、企業との癒着を糾弾。グリーンアスパラを解体し、それに代わる、より公正で強力な権限を持つ新たな環境評価チームの設置を先日、表明したばかりだ。

同じく快復した並木教授は、アグリシステムを巡る一連の犯罪への関与によって逮捕された。早晩、犯罪の全容が明らかになるに違いない。

大規模デモからふた月近くを経たいま、キャンパスは秋の気配を漂わせていた。

窓から見える銀杏《いちょう》の葉にも、あの猛暑が懐かしく思えるほど繊細な秋の日差しが差している。

「このウイルスが、ヒトの感情に作用して、不寛容や怒りを起こりやすくしていたんでしょう」

紗英の説明に、「やはり、そうでしたか」、と貝原が嘆息してみせた。

「でも、人類の歴史って、結局のところこういうウイルスとの関係から成り立っているのかも知れません」

紗英の話は意外であった。

「それはつまり、ウイルスに感情を乗っ取られて、歴史が変わることもあるってことですか」

翔がきくと、

「ヒトヘルペスウイルス6というのがあるんです」

紗英はいい、デスクにあった写真をとって翔たちに見せた。丸い外形。その内側に黒い輪をもったウイルスだ。

「このウイルスには、ほとんどの人が子供の頃に感染するんだけど、最近の研究で、このウイルスが、うつ病を引き起こすタンパク質を作り出してることがわかってきました。いってみれば、人の心を操作するウイルスね」

「ウイルスが原因でうつ病が引き起こされるのか」さすがに翔も驚かないではいられない。

「いまはまだ研究中で解明されていないことも多いけど、このウイルスに感染した人の体力が落ちて弱ったりすると、それが脳の『嗅球《きゅうきゅう》』という部分に再感染してうつ病を引き起こすんじゃないかという説があるんです。免疫力が弱いと、うつ病になる可能性がある」

おもしろい話、というにはあまりにリアルに過ぎ、翔も貝原も、言葉を失った。

「今回のウイルスも感染者の全てが攻撃的になるわけじゃなく、免疫力の弱い人にその兆候が現れるという点で、このヒトヘルペスウイルス６と共通していると思います。恐ろしいのは、このウイルスにどのくらいの人が感染しているのか、想像もつかないことですね。もしかすると、あなたたちも、私も、すでに感染しているかも知れない。そして何かの理由で免疫力が落ちたとき、自分でも制御できないほどの不寛容や怒りに突き動かされてしまうかも知れない」

「それまで何の症状も現れないのが恐ろしいですね」

貝原が、恐怖の眼差《まなざ》しを紗英に向けた。「ワクチンや治療薬を開発できればいいんですが。そんな薬がいつ完成するかもわからないんですよね」

「ええ。でも悪いことばかりじゃない。ヒトヘルペスウイルス６は、人間に英知を与えた可能性もあるんです」

意外な話に、翔は聞き入った。「このウイルスによって不安をかき立てられ、それまでは平気だったことが心配になる。もっと深刻になるとうつ病になるわけだけど、不安や心配は、それまでになかった思考も人間にもたらしてくれました」

「それまでになかった思考？」

翔は思わず聞き返した。

「そう。明日、エサになる動物や魚が取れるか心配になったヒトは、より確実に取れるように道具を工夫し、狩りの方法を改善することになった。それが人類を発達せしめ、より大きな進歩を生み出すことになったんです。もしウイルスがなかったら、人類のいまの進歩はなかったかも知れない。そういう意味で、ウイルスが人類の歴史を作ったといえなくもない」

「つまり、ウイルスに感染することはあながち悪いことばかりではないということですか」

貝原の言葉は、誰にともなくつぶやかれた。「今回のウイルスについてもしかり、と」

「いままで沈黙していた人が声を上げる。政治に無関心だった人が、関心を持つ。劇症を伴う例もあるけれど、多くの人にとってこの心の動きはやがて進歩につながる可能性があると思います。その証拠に、あのとき武藤総理の話に全員が真面目に聞き入った。誠心誠意語りかけるものに対するあの態度もまた、このウイルスがもたらすひとつの作用なんじゃないでしょうか」

「それが新たな政治の扉を押し開くといいですけど」

自らに言い聞かせるような貝原に、

「そうなることを祈っています」

紗英はいい、一仕事終えたようなすがすがしい笑みを浮かべた。

「今回のことで、私は父が進めていた研究が何であるか、どんな意義があるのか、ようやく理解できました。この研究の続きは、私が父に代わって進めて行こうと思っています。ふたりには改めてお礼をいいます。どうもありがとう」

そういった紗英は、ほんの少し間を置いて、「ところで、報告があるんですけど」、と続けた。

「私、アメリカの大学に行こうと思うんです。急な話だけど、向こうで教員のポストが空いたんで。前から探してたし、アメリカで研究生活を送るのは私の目標でもあったから。私はそこで、父の研究を発展させます。そして必ず、この二番目のウイルスのワクチンを開発してみせる」

紗英の毅然《きぜん》とした決意に打たれ、翔は押し黙った。

「いつ向こうへ」やがてきいたのは貝原である。

「今月いっぱいで京成大学を去ることにしました。このキャンパスともお別れね」

研究室の窓の、銀杏の木とその向こうに校舎が連なる光景に、紗英は視線を投げる。

「ちょっと待った。もう少し長くいたっていいんじゃないんですか。これから日本の食い物も旨《うま》くなってくんだし」

異議を唱えた翔に、「私には私の仕事があるから。君の仕事はなに」、と紗英はきいた。

「オレの仕事……？」

今回のウイルス事件により、アグリシステムは破綻《はたん》の危機に瀕《ひん》していた。

いまや翔は職を失ったも同然で、これからのことは自分で考えなければならない。就職活動のやり直しである。

「君は、君の仕事を探さなきゃ。人にきくんじゃなく、答えは自分で探すこと。いま自分が何をしたいのか、自分に問い続ける。そういうやり方でしか、答えはみつからない。答えは君の中にある」

「オレの中に……」

自分の胸の中のどこを探せばそんな答えが落ちているのか、翔には想像もつかなかった。

だが、そんな思いとは別に、紗英の言葉が、ほんの一筋の可能性を運んできたのも確かである。

「それを探そう。諦《あきら》めないで、自分の頭で考えよう。もし、それが何なのか見つかったら、私に教えてね。楽しみにしてるから。――さてと」

紗英は、デスクの書類をまとめると立ち上がった。「これからの記者会見で、この調査内容を発表しないと。貝原さん、お願いします」

「ご案内いたします」

貝原が立ち上がり、「翔ちゃん、またね」、と言い残して先に部屋を出ていった。その後について出ようとした紗英は、ドアのところで立ち止まると、言葉もなく見送っている翔を振り返る。

「君ならできるよ」

それが、紗英がくれた最後の言葉であった。


「翔のヤツ、まだ寝てるのか」

その日、朝食に下りた泰山は、そんなふうにいって軽く舌打ちした。「せっかく就職したっていうのに、あんなことになっちまうし。あいつ、再就職活動してるのか。何か聞いてるか、綾」

「翔は、翔なりに考えてますよ」

綾は呑気《のんき》にいって、泰山の前にホットコーヒーのマグカップを置いた。

「考えてるとは思えんが。そもそも、考える力だってあるか怪しいもんだ」

「翔はあなたの息子ですよ」

「そりゃいったいどういう意味だ」

疑わしげにきいた泰山に、綾は、おほほと口もとに手を当てて笑っただけで答えない。何か知っているらしいが、泰山に話す気はないようであった。

「まったく、どいつもこいつも」

不機嫌なまま朝食をとった泰山は、いつものように貝原の迎えで家を出た。

「おい待て。あいつ、何やってんだ」

泰山が思わず声を上げたのは、松濤の自宅を出た公用車が渋谷駅前の交差点に差し掛かったときであった。

そこに翔がいた。

折りたたみ式の脚立《きやたつ》の上に立った翔は、スーツ姿でメガホンを持っている。締め慣れないネクタイが歪《ゆが》み、シャツの襟《えり》がひん曲がって上着から飛び出しているがお構いなしだ。

メガホンを通して何事か話している翔の横には、お手製と見える幟《のぼり》が立っていた。

「なんだあいつ。パチンコ屋の呼び込みでもはじめたのか」

「いえ、どうやら違うようですよ、先生」

助手席からちらりと貝原が視線をくれる。その唇に浮かんでいるのが笑みだと知って、泰山は難しい顔になった。貝原も何か知っているらしい。

泰山を乗せたクルマが翔の近くに差し掛かったとき、

「おい、止めてくれ」

泰山はいって、後部座席のウインドウを下ろした。

「おい。——おい、翔。何やってんだ、お前」

「おお、オヤジ。おつとめご苦労様でございます」

翔はメガホンをこちらに向けた。

「何がご苦労様ですだ、バカ。メガホンを下ろせ」

「見てわからねえか。街頭演説に決まってるだろう」

「は？」

近年、泰山がこれほど驚いたことはない。「お前が演説？　ふざけてんのか」

「これがふざけてるように見えるか」

そういって傍《かたわ》らの幟を揺すってみせる。ひと目見て泰山は、あんぐりと口を開けた。

——みなさまの武藤翔をヨロシク！

「ヨロシクって、何考えてんだ、お前」

泰山は慌てたが、翔は涼しい顔だ。

「いろいろ考えたんだけどさ。オレ、政治家になるわ」

「政治家？」

泰山は思わず息子の顔をまじまじと見た。「お前がか？　漢字もロクに読めないくせに」

「漢字は勉強する」

平然と翔はいってのけた。心臓だけは、一人前である。

「まずは次の都議選に出ようと思ってさ。清き一票をお願いします」

言葉もない泰山は、悪い夢を振り払うかのように頭を左右に振った。

「何が清き一票だ」

乾いた声でいうと後部座席の窓を閉めてため息をひとつ吐《つ》く。ルームミラー越しに、貝原が心配そうに表情を窺《うかが》っている。

「貝原。お前、知ってたのか」

「翔ちゃんから、黙っててくれと言われまして。申し訳ございません」

さっきの綾の言葉も思い出した。

——翔はあなたの息子ですよ。

なんでオレにだけ隠してるんだ。

泰山は心の中で、悪態をついた。

「オレが反対するとでも思ったか」

「先生は、反対されないだろうと翔ちゃんはおっしゃってました。心配かけたくないからと。こんな名刺も作ってます」

助手席から恭《うやうや》しく差し出された名刺は、翔の顔写真入りであった。

党名はない。書いてあるのは、ただ名前だけだ。

「裏を見てください、先生」

貝原に言われて裏返した泰山は、不意打ちをくらって口ごもった。

〝尊敬する政治家　武藤泰山〟。

そう書かれていたからである。

「……あのバカ」

泰山はその名刺をそっとに胸ポケットに入れ、咳《せき》払いをひとつした。

――がんばれよ、翔。

瞑目《めいもく》した泰山の唇に、そのとき穏やかな笑みが浮かんだ。

〔初出〕
プロローグ・第一章　「小説 野性時代」二〇二一年五月号
第二章～　書き下ろし

池井戸 潤（いけいど　じゅん）
1963年岐阜県生まれ。慶應義塾大学卒。98年『果つる底なき』で江戸川乱歩賞を受賞しデビュー。2010年『鉄の骨』で吉川英治文学新人賞、11年『下町ロケット』で直木賞、20年、野間出版文化賞を受賞。ドラマ化された「半沢直樹」シリーズ、「花咲舞」シリーズなどで人気を博す。著書に『空飛ぶタイヤ』『七つの会議』『陸王』『民王』『ようこそ、わが家へ』『アキラとあきら』『ノーサイド・ゲーム』など多数。

民王《たみおう》　シベリアの陰謀《いんぼう》

2021年 9 月28日　初版発行

著者／池《いけ》井《い》戸《ど》 潤《じゅん》

発行者／堀内大示

発行／株式会社KADOKAWA
〒102-8177　東京都千代田区富士見2-13-3
電話　0570-002-301（ナビダイヤル）

印刷所／大日本印刷株式会社

製本所／本間製本株式会社

ISBN 978-4-04-111717-0　C0093
JASRAC 出 2105457-101